ファティマ

叢書 الأطلس《エル・アトラス》

Fatima ou les Algériennes au square
Leïla Sebbar

ファティマ
辻公園のアルジェリア女たち

レイラ・セバール

石川清子訳

水声社

本書は
叢書《エル・アトラス》の一冊として
刊行された

今ではおばあさん《シバニア》になったラ・クールヌーヴのアルジェリア女性たちに

はじめに――ファティマ、フランス文学の新しい主人公

ラ・クールヌーヴ〔パリ北東セーヌ＝サン＝ドニ県の市。本小説の舞台〕の辻公園に集まるファティマと彼女の友だちは、フランスのシテ〔大規模団地群〕を舞台にした文学で最初の主人公である。

一家の母親であるファティマたちは一九八〇年には二十五歳から三十、四十歳ぐらいで、アルジェリアの平野部や山岳地帯の集落、南部や沿岸の小さな村からやってきた。彼女たちの多くが植民地時代に農村で生まれ、読み書きはできなかった。当時フランス人学校で教育を受けた女子はわずか五パーセントから七パーセント、女子はコーラン学校には行かないのが普通だった。フランスはイスラームを信仰する国ではない。フランス語は外国語。コンクリートに囲まれた日常生活の規則や決まりは彼女たちには馴染みがない。

彼女たちは自分の生きる土地《くに》をなくしてしまった。

自分の家にいる、みんなとくつろいでいっしょにいると感じられるのは、高層団地の棟と棟のはざまにある辻公園。そこは祖国の住まいにある中庭とおなじ。彼女らは心おきなくおしゃべりして、交わされる言葉は喜びから悲しみへと、笑いから暗黙の合意へと移りゆく。誰もがシテの暴力に、郷《くに》のしきたりとフランスの現代的な文化のぶつかり合いに直面する。祭りや儀式、信仰や死を異国の地で経験する。そして自分とは似て否なる「他者」も見出し、それを知りたがる。自ら望んでやって来たのではない異国の地を手なずけていくのだが、それは子どもたちのため、彼らが受け入れ国でよそ者にならないよう、彼らが自分たちの出どころであるムスリムという祖先を忘れないようにするためだった。

それからほぼ三十年経ったいま、シバニア〔白髪頭、老人を表すマグレブのアラビア語「シバニ」の女性形。シバニは退職後もフランスに留まる高齢のマグレブ移民男性を指す〕と呼ばれるこの母親たち、そう、ラ・クールヌーヴのファティマとその友だちは相変わらずシテにいる。子どもたちが生まれた場所に。母親たちはもう昔の伝統装束ハイクは身につけてはいないが(ある時期、頭をすっぽり隠す花柄のスカーフが取って替わった)、ヒジャブが話題になったアルジェリア内戦の時代、祖国とシテのイスラーム化の時代、イスラーム式スカーフ着用を擁護するため娘たちが兄弟に護られながらデモをした時代を経験した。そして二十一世紀の初めには、全身を黒い布で覆うニカブが登場する。

母親たちは穏便で簡明、広く流布した家庭内で行うイスラームを信仰していたが、娘たちは突如として宗教闘争の場に身を投じて母親たちを驚かせた。そして不安を抱かせた。けれど娘たちがみなヒジャブを身につけたわけではないし、勉強しに学校へも行けた。大学に行く娘もいたし、自分で職業を選択し、弁護士や教師、看護師、ジャーナリストにもなれた……娘たちはたいてい、忍耐がなく攻撃的な息子たちよりも熱心に学校で勉強した。母親たちはシテで息子たちが暴力をふるうのを知っている。警察の暴力も知っている（息子たちの場合は、しばしば刑務所が学校の代わりになった）。娘たちは教育と自由がもたらす恩恵、しっかり警戒して守るべき個人の権利を学び、望むのならフランス人に、そしてムスリムにもなれることを学んだ。父親や母親を否認せずに生きることを学んだのだ。

それがラ・クールヌーヴのファティマとその友だちが獲得したものである。

パリ、二〇一〇年

レイラ・セバール

ついに彼女はチビたちといっしょに部屋にこもってしまった。食事もしない、部屋の外へも出ない、母親の手伝いもせずマットに寝そべっているだけで、母親は小さい弟のアリにクスクスの肉と野菜を持っていかせるがそれにも手をつけず、結局アリが食べるはめになり、アリがクスクスのソースに浸したパンをそっと差し出すと、弟が困って泣き出さないようにそれを口に入れてみせた。ドアのそばに母親が置いたミントティーは飲んだ。体を洗うのに夜遅く起きだして、母親には聞こえるにちがいないが、小さな浴室に長いあいだ閉じこもった。シャワーを浴びれば音がするだろう。それで上の弟のトランジスタラジオをもっていった。スポンジからゆっくり水が流れ落ち、時間をたっぷりかけて誰かに見られることもなく風呂に入る女たちの悦びを味わいながら、立ったまま洗面台でゆっくりと体を洗った。ハンマーム〔アラブ世界の公衆浴場〕にはもう行っていない。小さい頃は母親や妹たちとそこに丸一日いることもあったが、コレージュ〔中学校に相当〕に入ってある夜、「母親とその一族郎党《スマラ》で」行くのはいやだと怒りにまかせて言って以来、行くのを拒んでいた。

一週間のあいだ、ダリラはチビたちの部屋を離れなかった。コレージュには風邪をひいたと一筆したためた。診断書を提出してほしいと家に連絡がきた。ある朝ダリラは家を出て、そのまま戻ってくることはなかった。母親はチビたちと買物に行き、上の子たちは学校に行っていたし、父親は朝早くに家を出る。ダリラは父親に会うことがなかった。昼間に眠るので夜は眠たくなくて、コレージュの図書室から適当に借りた本を懐中電灯の灯りで一、二時間ほど読むのだが、父が出かける支度をしている音はときどき聞こえており、髭を剃りながら小さな声でアラビア語の歌を歌っているのだ。歌うのは髭剃りのときと決まっていた。洗面所の壁に掛けた小さな折りたたみ式の鏡の前に頬を差し出しながら、この人が、自分の父親が歌を歌うのだ。この歌のせいで、いつも決まった時間に目をさます。朝の五時頃だったはずだ。昼間にもおなじ歌を口ずさんでいたことがあった。歌詞は分からないし、よく聞こえない。かすかに聞こえる程度の声だった。父親は台所でコーヒーを淹れていた。パンを一切れ食べながら、二杯飲む。ラジオ・アルジェが入るときは静かに聴いていた。そしてドアが閉まる音を立てずに出て行く。シテに夜遅く帰って来たとき、なぜ父親があれほどひどい扱いをしたのだろう。なぜあんなに激しく怒ったのか。アラビア語で罵られ、そしてぶたれた。ビールを飲みすぎたせいだ、とダリラは思った。でも父親はそれほどカフェには行っていない。バルベス〔パリ十八区、マグレブ人が多く居住した界隈〕から帰って来るときは酒の匂いがしたが、それでもひと月に一度、土曜の夜くらいだ。ほかの日には絶対行かなかった。アラブ人のカフェの常連で、ドミノをするかおしゃべりするかだった。コーヒーは飲むがワインやビールは飲まなかった。ダリラのアルジェリア人の友だちは、仕事のあと父親が酔っぱらって家に戻って来ると言っていた。自分の父親は酒は飲まない。よく働く、土曜の夜まで働くこともあった。日曜に働くこともあった。もちろん工場へ行くのではない。どこだかは分からなかったが、グット・ドール〔バルベスに隣接するアラブ人街〕の居酒屋で油を売っているのではないのは確かだった。母親はそれについてしゃべらなかった。素振りからして知っているにちがいないが何も言わず、ダリラも訊くことはなかった。父親は疲れ果てて家に戻り、話すことはなかった。無料診療所に行って胃を医者に診てもらったら、と妻のファティマは言ったが、父親は行こうとしなかった。愚痴をこぼしてもいなかった。胃が痛くて食欲がないのだから妻にそう言ってもいいのに、何も言わない。シテにやって来る社会保護士の女性にも父は何も言わない、母も言わない。全部うまくいってる、困ってることはないわよ、ただときどきチビたちがね、それから母は保護士と長々と話しこむのだった。学校のこと、無料診療所のこと。でも父親やダリラ、上の大きい息子たちのことは絶対に話さない。保護士は支援と助言を約束して立ち去り、次の訪問のときにはまたおなじことが二人で始まる。

一週間のあいだ、ダリラがチビたちの部屋にこもっていたとき、保護士はやって来なかったし父親にも顔をあわせなかった、おはようもおやすみも言わなかった。朝早く、父の歌だけが洗面所から聞こえてきた。あんなふうに歌えるなんてここにこもっていなければ知ることはなかった。母は多分、一度も聞いたことはないだろう、この人が、一日のうち顔をあわせることもなく、ときどき日曜の午後、胃の調子が悪くないときに水色の古いシムカ車に一家を乗せてモントルイユの蚤の市に連れていってくれる自分の夫がこんなふうに歌っているのを。

何かのはずみで一度、母の友だちがこう言っていたのを聞いたことがある。アルジェリア人はとりわけフランスで胃を悪くする。郷《くに》ではもちろんちがう。その友だちは胃潰瘍のことも話していた。父はおそらく胃潰瘍なのだろう、アラブ人の病気だ。父はあまりしゃべらない。それはさみしいことだとダリラは思った。ベルトでぶたれたときに父親は怒鳴っていた。豹変した。恐ろしくて、激昂したこの人が自分の父親だとは思えなかった、荒れ狂った動作、怒鳴りつける声、やまない罵りの言葉に母親は泣き出した。ベルトがピシッと鳴る。バックルが腕に、背中に、尻に当たる。ダリラは叫ばなかった、泣かなかった。ベルトの鞭打ちを避けようとしたが、部屋が狭すぎる。母親が二人のあいだに入り、そのおかげで自分もぶたれた。怒りがおさまるまでベルトの鞭打ちは続き、父はそばにあった椅子に崩れるように座りこんだ。それから一人でずっとそこに、打ちのめされたように腰掛けていた……ダリラがチビたちの部屋に行くと母親も後からついてきて、ダリラが入るなりおびえきったチビたちが、どれだけ激しくぶたれたか、血は出ていないかと駆け寄ってきた。背中の傷が深いところは、母がオーレス〔アルジェリア北東部の山岳地帯。ベルベル系住民が多い〕のおなじ村出身で顔なじみのアラブ人の食料品屋にずっと前から頼んでようやく手に入れた、郷《くに》の薬草で作ったどろどろした薬を布につけて、それを何度も軽く押し当ててくれた。効果はてきめんだった。ずっと座ったままでいる父親の怒りがおさまるまで母親は手当をしてくれるが、チビたちがそばにいるのが気まずかった。年長の弟たちは家にいない。おおかた団地棟の下の入口辺りか踊り場でたむろして油を売っているのだろう。夜遅く、父親が床についてから戻ってくる。ときには母親が薬を塗った布を置き忘れた部屋に行くこともあったが、誰もその薬の名前は知らない。たぶん秘密の調合が分かっている母親だけは知っているのだろうが、子どもたちはそれを「母さんのくすり」と呼んでいた。年上の弟たちがドアを少し開ける。チビたちは眠っている。ダリラが合図すると、静かに近づいてきてチビたちの寝床をまたいで来る。ダリラのベッドの縁に腰かけ、低い声で話し出す。ダリラは事の顛末を話すが、弟二人はもう知っている。おなじ光景は何度も遭遇したことがあるからなりゆきが分かっていても、何をめざしているかよく分からないのに、重大なことをしてやろうと心に決めた子たちが見せる厳しい表情を浮かべて話を聞く。歯を食いしばり、眉間にしわを寄せ、拳をにぎったまま姉が話したいだけ話しをさせ、さえぎることもなく、話すたびに食い入った様子をみせ動転したように聞く。話すのをやめると二人はほとんど同時に言う。「おれたちがもっと大人になればね……もうそんなことできっこないさ……おれたちがとめるし、しないだろうよ、こっちのほうが強いんだから、もう手をあげたりしないさ」。「そうね」とダリラは言う。弟たちがこんなふうにしゃべると、腕や肩が痛いことを少し忘れてしまう。「痛いだろ、あの人が痛い目にあわせたんだ」と弟たちは言う。すると姉は、「ううん、大丈夫、母さんが薬を塗ってくれたから」。こんな遅くに姉さんとしゃべるのがうれしくて、弟たちはまだしばらく興奮気味に話しこんで、それから自分たちが家に戻ったときに母親が引っ張り出して用意するソファーベッドのある食堂に寝に行く。朝には父親がこの食堂を通って髭を剃るのだが、弟たちはダリラがじっと耳をそばだてて聴いている父の歌など聞こえないくらいよく眠っている。「私をぶっておいて、それで歌を歌うなんて」と思ったりもした。前の晩、ダリラをベルトでぶった埋め合わせに朝は鼻歌まじりになる。顎をひょいとあげたはずみに口をゆがませ、電気をつけず暗がりでかろうじて顔が映る小さな鏡ではよく見えないのに、黒くてかたい髭の剃り残しがないように長い剃刀の刃を動かしていく。「電気は金がかかる」から電気代があがらないようにしなくては、さもないと子どもたちが学校から戻ってすぐにつけるレコードプレーヤーも父は禁止してしまう。その時間にテレビをつけることはなかった。というのもファティマはある時間からしかテレビを許さず、その前につけることはしなかったから。

　前の晩のことは翌日には誰もなにも言わない。母親は傷口をそっと触って様子を見て、ダリラはじっとそれに身をまかせていた。「待って」と言いながら母親は黄土色の塗り薬を塗る。あるいはまだ痛むだろうから抱きしめはせず、「治ったよ」とぶたれた肩を軽く二度叩いて合図する。ダリラは本当はその腕に抱きしめてほしかったのだろう、小さな子がどこか痛がるときに母親がぎゅっと抱きしめるように。ダリラは泣かなかった。母親の腕のなかだったら、父親のまえでもその後でも昨晩は見せることのなかった涙を思いきり流していただろう、でも遅すぎた。二人だけのときは、絨毯の上に両脚を広げて座った母親が傷口を見てくれた。その絨毯はダリラが六歳のとき、一家が休暇で向こうに行って持ってきた、アトラス山脈にあるアモール山地〔アルジェリア中央部サハラアトラス山脈にある一帯〕のアフルーという村の上質な羊毛で織られたきれいな絨毯だ。モロッコを横断してアフルーに着いて、それから絨毯をもらってフランス、パリまで持って帰ってきたのだ。道路の埃で汚れないよう古い敷布で何重にも包み、シムカの上に括りつけた。ラ・クールヌーヴに一家が着いたとき、まず最初に絨毯をおろした。どこもかしこも車の積めるところにありったけの荷物を積んで、外にもはみ出し、屋根にも乗せ、横にも積めたら積みたいほどで、絨毯は弟たちが四階のアパルトマンまで気をつけて運んで行った。重たい絨毯で、いつものことだがシテではエレベーターはしょっちゅう故障していた。家で広げるとチビたちがその上で転げまわる。母親はどれくらい厚いか触って確かめる。弟たちは見事な絨毯にうっとりしている。父親はシムカに積んだ荷物を降ろしていた。しばらくしてようやく、食堂で一息入れるのに座ろうとしたときはじめて絨毯を見た。足をのせる前に無意識に履物を脱ぎ、子どもたちもそれに倣った。アフルーの絨毯はそれほど見事だったのだ。その絨毯に母親がアラブの女たちのように赤ん坊を膝にのせてあやしながら座っているのをダリラは見たことがあった。母はフランスのスカートだと締めつけられるようでずっと履いていられなかったから、家のなかだけで着ていたカビリー〔アルジェリア北東部、先住民ベルベル人が多く住む地域〕のゆったりした花柄ドレスで絨毯に座るときには脚を広げて裾のひだをたっぷりのばして小さな子を抱きかかえ、抱かれた子どもはというと、母親のたぷたぷした二の腕を覆うブラウスの長袖のところで鼻を啜っている。母親は子どもに話しかけるようにダリラの傷を見てくれた。下の弟や妹によくするように、ダリラも膝にのせてくれるなら、上半身をくっつけ前後に揺らし、広げた脚のなかで拍子をとって母親にされるがままになっただろう。けれど大きな娘を膝にのせたりはしない、母親は立ったまま、ブラウスの下に何もつけていない胸にダリラを抱き寄せる。家のなかではスカートを脱ぐときブラジャーも外して、午後、あるいは丸一日、そして夕方を過ごす。母親は生温かく湿った薬を湿布してくれるだけだが、それは赤い花模様の入ったドレスの膝のところでゆっくりとやさしく子どもを揺するような効き目があった。母さんは眠っていなかった、とダリラは思った。

母親がひとりでお茶を飲みに台所へと起ちあがる音が聞こえた。ダリラも台所に行きたかったが、母親とはある種の遠慮からほとんどしゃべらない。そうするのがしきたりだった。そして、母さんのことは大好きだけどこの家からいつか出て行くと伝えたかった、出て行ったならきっとこう言われるだろう。「私たちのことを愛してくれなかったあの娘《こ》」。チビたちは繰り返しそう言われれば信じてしまう、家を飛び出して行方が知れない、多分あばずれの姉さんはもう姉さんなんかではなくて、やがて誰も口にしなくなるだろう。みんな自分のことなんて忘れてしまうだろう、家には戻れないから母親にはそれを伝えたかった、家を出る前には言えないことを、母さんには言ってもわからないだろうけれど伝えたかった、父さんの暴力がもうずいぶん前から我慢できないこと、次にぶたれたらここを出て行くこと。おいしいお茶やコーヒーを飲んだときにアラブ人がよくやる鋭いシュッという音をたてて、母親は茶を啜った。それほどおいしくなくても音をたててからひと口飲むのは、きっとおいしいコーヒーやミントティーを思い出してそうするのだろう。というのもアラブ人にとってコーヒーもミントティーも人並みならぬこだわりがあるものだから。お茶を飲み干してグラスを空にし、ファティマは台所で、自分には読めない郵便局のカレンダーの下に座って、赤と緑と金色で描かれたいくつものドーム屋根の上に駱駝に乗ったアラブ人がいる絵が描かれたお茶のグラスをじっと眺めている。そんな母に「なに考えてるの」なんてダリラは決して聞きはしなかった。聞いても答えないのは、それを言いたくないからだ。ダリラは聞いたりはしない。一度、急に笑いだして「私がなにを考えてるか、分かりっこないわね」と切り返されたことがある。だから驚いて、「うん、分からない」と言うと、「知りたい？」。「うん」。「泉のこと、そこから出る水のこと。人と動物が使う泉で、この辺の町にあるような、水が噴き出す噴水じゃないのよ。バスからパリの噴水を見たけど、水が流れてないみたい。あっちの泉は、水が鉄の管をつたって石のあいだから流れてくるのよ。お前は分からないね、小さすぎて忘れちゃったんだろうね」。「うん、忘れちゃったわ。母さんの郷《くに》の泉からどんなふうに水が出てくるのか分からない。ここでは水も庭も木も見ないし、そんなもの興味ないから」。母親は笑った。ダリラも笑った。どうして自分が笑ったのかは分からないけれど、母親がなぜ笑ったのかは分かる。泉のことをもう考えていなくても、それからずっと幸せそうに笑っていたから。若々しく、あかるい張りのある笑いだ。そんな笑い声を聞いたことはあまりない。ダリラと二人でいるとき、家のなかで、バスで隣どうしで座ったとき、母親がなにかおかしな人やものをみつけると、そんなふうに笑った。二人で外出すると、母親の繊細な好奇心や若さにダリラは驚くことがある。

ダリラは起きあがらなかった。ベッドから台所にいる母親を目で追っていた。トイレにはあえて行かない。それには台所を通っていくことになる。母親は呼び止めるだろう。母親が立ちあがって、疲れて悲しげなため息をついたのが聞こえた。少し開いた口からでる長いため息だ、母親の友だちがやって来たり、市場《マルシエ》や学校、辻公園で会ったときにアルジェリアの女たちがよくするため息だ。みなおなじように親指を顎にあて、手のひらを広げて口を隠してため息を吐く。だが、母親と出かけることがだんだん少なくなった。無料診療所や学校では書類を書いて署名しなくてはいけないのでまだダリラがついていく。それに母親の友だちはダリラにとって何かと面倒だった。廃品利用のマットレスがぎしぎし鳴った。母親が床についたのだ。

父親の歌でダリラは目をさました。その朝、凄まじいベルトの殴打の翌朝に、すっかり忘れてしまったかのように父親はアラビア語で歌っていたが、ダリラは忘れるはずはなかった。忘れたというより、朝、髭を剃るときには自然におなじ歌が喉元からわいてくるのかもしれない、それが郷《くに》との最後のつながりであるかのように。ダリラが家にずっといたとしても、あるいは家に戻ることになって、朝に父親の歌を耳にすることがなかったら、そのとき初めて父親が死んだと、あるいは死ぬ前にアルジェリアに戻ったのだと分かるのかもしれないが、その朝、ダリラは家を出ると決めたのだった。父が早朝に、時に口笛まじりに口ずさむアラビア語の歌を聴けなくなるのはさみしいことだと知っていた。それと同時に、洗面台の片隅で静かに秘密のように歌う父のあの歌は自分に従わない娘への暴力だということも知っていた。ダリラは夜遅く、それも真夜中に男友だちと帰ってきた。父親に見られないよう四つ辻のところで別れたが、ラ・クールヌーヴ行きの最終電車の時間はとっくに過ぎていたので、娘がメトロにもバスにも乗らなかったことなど父親は十分わかっていた。当然ながら父は娘を待っていた。朝のコーヒーを飲むいつもの場所の台所の片隅で、自分のカップを前にして座っていた。何杯も飲んだはずだ。「あの人にはコーヒーはよくないわ」と母親は言っていた。ゆっくり立ちあがって威嚇する目つきで、アルジェリア内陸生まれの褐色の顔が白くなるほどに激怒してダリラへ向かっていった。黙ったまま、ベルトを手にして振り上げようとしているのが見えた。最初の何発かは腕でよけたので顔には当たらなかった。顔に当てないようにベルトを打ちつけるが、勢いにまかせてどこそこ構わず振りおろす。部屋に隠れている母親はダリラからは見えなかったが、すぐにも飛び出してきそうだった、ただ何か躊躇って我慢しているのだ。力尽きた父親がベルトを手放し浴室にこもると母親が急いで出てきて、うめき声をあげて震えながら熱い腕のなかに娘をしっかり抱きかかえるのだった。「娘よ、私の娘よ」。かける言葉はそれしかなかった。涙一つ見せないダリラをチビたちの部屋に寝かせ、母親は塗り薬と布を取りに行った。ダリラは知っていた、母が父の暴力を止めはしないもののよく思ってはいないのだ。ダリラはそれで母を恨んだりはしなかった。友だちから聞いたと母が教えてくれた話を思い出した。母からそれを聞いたときダリラは信じられなかったし、その友だちもまた別の友だちからそれを聞いたのだったが、それはある午後、辻公園で、何度か耳にしたことがあって絶対に本当の話だと誓って母に教えてくれた話だった。それはしきたりを重んじ、信心深くもあるアルジェリアの女性の話で、八歳か九歳の自分の娘が男の子と遊んでいる時、コーランの教えでは咎められるべきことを突然男の子の手でされたということを、彼女は噂話で知ったという。娘が戻ると母親は何も言わずに娘を押さえ込み、ほとんど縛りつけるようにして陰部に赤唐辛子の粉を押しつけた。女の子はわめき叫んだ。女たちは何が起きるか大体分かっていたが、人前や通りで、男の子に話しかけたり、いっしょに遊んだりする慎みのない娘のふしだらさを懲らしめる母親を非難する者は誰一人いなかった。唐辛子は女の子に自分が悪いことをしたという気持ちを起こさせるだろう、この先あばずれなんかになることはない。唐辛子は女たちが夏の太陽に何日もさらして乾かしたあと、しゃべりながら笑って中庭に山と積んだものだ。女たちはそれぞれ杵でついて、すばやく指を動かしながらサフランの黄色を帯びた赤い粉が細かくなっているか触って確かめ、ちょうどよいところで杵の音はやむ。女たちは女の子が泣きやむのを待ちながら、お仕置きがなされている部屋のドアのそばへとそろりそろりと忍び足で集まっていった。ダリラは恐ろしさにぞっとして口をあけて母の話を聞いていたが、止めることはせず最後まで聞いた。「私にもそうするつもり？」。「私が!?」。母親は叫んで、顔を手で覆った。「この私が！（そんな折檻をするかもしれない母親だと思われて、むっとして）おまえの母親の私が……そんなことを聞かれるなんて……娘よ」。「でも父さんは私をぶつじゃない？」。母親はなにも答えなかった。チビたちに食べさせるスムール〔クスクスなどに使う硬質小麦の粗挽き粉〕を準備しなくちゃと言って、唐辛子の話はそれで終わった。

　ダリラは傷痕が消えてコレージュに行けるようになるのを待った。それとも、手と顔だけが出た服を着て体育の授業は免除してもらい、保健室へ行って角砂糖といっしょにアスピリンを飲みこんで、そこでおとなしくしていようと考えた。父親がぶつのをやめなければ、そのうち家を飛び出してしまうだろう、たぶん自殺するかもしれない、けれど実際はそれほど真剣に考えはしなかった。ムスリムはめったに自殺しないと誰かが言っていた。父親も母親もムスリムだ。父親にはしょっちゅう、「おまえはムスリムだからな」と言われたが、父親のようにお祈りもしなかったし、母親が夜、チビたちに諳んじて聞かせるようなコーランの唱句も知らなかった。コーランは一度も読んだことがなかった。たった一度だけ、家にいて退屈したときに行く町の図書館でイスラームについての本を見たことがあり、それを手に取って借りたが読まずじまいだった。ベッドのそばに長いこと放ったらかしにして、図書館からは返却の催促が来た。結局、一度もなかを開かずに返した。自分はアルジェリア人だと言えるし、人からもそう言われる、でもムスリムかと言うとどうだろう、アルジェリア人だからムスリムだとは言えないと思った。ラマダンはしない。学校があって、母親はそこでしっかり勉強してほしいと思っている、でも父親はラマダンをすると言っていたし、ダリラもそう思っている。母親がラマダンの断食をしているのは一度たりとも疑ったことはない。断食をした日の夜、母ははじめてショルバ〔羊肉や野菜を煮込んだスープ〕を口にし、ひと月以上ショルバが続いてもダリラはおいしいと思った。母親からは特にアラブの料理を教わってはいない。実際ダリラは、クスクスもお菓子もガレットも、その作り方を知らなかった。ダリラは教わりたいとも思わなかったし、チビたちが相手をしてとせがまなければ、本を読んだり勉強したり、母親は好きにさせてくれた。父親は学校の勉強についても何も言わなかった。ただ「勉強しろ」と言う、それだけだ。ベルトで娘をぶった翌日、娘が学校に行かなかったと知れば、もっとぶっただろう。学校を休んだことを母親は父親に言わないし、弟や妹たちだって言ったりしない。父親にとっては自分の娘がしっかり勉強していることだけが重要で、成績がよくても悪くてもどうでもよかった、通知表を見せても、読んでくれと言われることがよくあった。父親はフランス語がよく読めなかったし、教師の書いた文字を判読するのが難しかったからだ。ダリラは読みあげた。悪い成績だったことは一度もない、たいてい優秀だった。嘘の成績を告げる必要はなかった。「よし、勉強しろ」と父親は言う。それ以外に言うことはなかった。しばらく経ってからは、もう成績表を読めとも言われなくなって、「どうだ、学校は？」と聞かれると、ダリラは「ちゃんとやってるわよ」と答え、「よし、その調子で勉強しろ」と父が言う。娘は家と学校の往復路しか外の通りを知らないと思っていたのだ。

　土曜の午後、それに水曜もときたま、母親はダリラに学校の友だちの家に行くことを許可し、当然ながら娘たちは数ブロック先の、こことよく似たＨＬＭ〔低家賃公団住宅。シテの住宅〕の友人のアパルトマンにこもって過ごすのだと思っていた。だから、ボブール、サン＝ミシェル、サン＝セヴラン、ル・シャトレ、サン＝ジェルマン、オデオン〔いずれもパリの若者が集まる地区〕と、娘がその日の午後をパリで過ごしているなど知るはずもなかった。別の友だちも加わって、ダリラたちはぶらぶら歩き回ったが、ボブール〔ポンピドゥーセンター周辺〕から先には行かないようにしていた。バルベスはよく知らなかったし興味もなかった。おなじ通り、おなじ界隈を何度も行ったり来たりして、まずボブールに行って、午後の終わりにはいろいろ回り道をしてオデオンやサン＝ジェルマンへたどり着くが、ドラッグストア〔当時サン＝ジェルマン大通りにあった地区のランドマーク的薬局兼カフェ〕より先には行かないようにしていた。ダリラたちはたくさん歩き、人やものを眺め、楽しみ、笑い、ナンパされ、ナンパされても言い寄ってくる男たちをからかって厄介払いした。知らない男たちに声をかけることもあったが、名前も知らせず早々にずらかるのが常だった。ときには名前をでっちあげた。一人はアマンディーヌでもう一人はサビーヌ。メトロに乗っているあいだ、カレンダーの聖人名をチェックしてそれぞれちがう名前を選び、「きみたちの名前《プチノン》」を教えてとしつこく迫ってくる男たちに告げるのだった。クラリスやロザリーはもう使用済みだった。おかしな変わった名前がダリラたちの好みだった。十人目、十一人目になると疲れてどうでもよくなって、反射的に、モニック、カトリーヌとかジャックリーヌ、ナタリー、それにヴァレリーなどコレージュのフランス人のクラスメートの名前を言った。その前の年、ダリラは秘密で書いた、誰に宛てたわけでもない空想の手紙の最後に記したフランス人の名前を使っていたが、家のなかには隠す場所がないので、その手紙は破いて捨ててしまった。ソフィーという名前だったが、しばらく前からその名前にはもうこだわっていない。この名前がいいの、と友だちはシルヴィという名前を教えてくれた。ダリラはだから、友だちにも使い分けている別の名前があるのだとしっかり覚えておかねばならなかった。でもそんなこと、もう忘れてしまった。それでも通りで知らない人に名前を教えるとき、ソフィーとかシルヴィが口から出てきても、その秘密は決して教えなかった。彼女たちは生意気で大胆だが、しっかりして抜かりなかった。父や母に疑念をもたせてはならないから、メトロの時間まで思う存分楽しく遊びまわった。父親より先に帰っていたほうがいい。急いで走り出して、時間をちゃんと見ていなかったが、乗り遅れないように電車、次にバスに乗り、シテの近くの最終停留所で降りて、それぞれの家がある団地棟まで、その辺をちょっと歩いていたかのように何くわぬ顔をしてたどり着く。

弟たちは姉がする午後の遠出にちゃんと気づいていた。いつもあっという間のことで、メトロとバスで行って帰ってくる時間も必要なのにほんの数時間しかなく、それでも彼らは何も言わなかった。ダリラは弟たちにそんな話はしなかったし、もし姉とその友だちがバス停のほうへ行くのを見て仲間に耳打ちすることがあっても、姉を裏切ろうなどとは思いもよらなかった。それからしばらくして、ダリラはラ・アルプ通り〔パリ五区、サン＝ミシェル界隈〕で弟の一人がチュニジア菓子の店から出てきて、できたての揚げ菓子を左手にもって熱々の甘い香りのなかに顔を突っ込んでいるのを見た。目の前に立っている姉に驚いて、弟は菓子から口を離す時間がなかった。そのあわてた姿がおかしくてダリラは笑ったが、弟は自分がかじりつく前に姉に歩み寄って菓子を差し出し、姉は片手を前に出してそれをつかみ、一口かじったのだ。熱すぎるお茶を飲むとき母がたてる音、熱すぎるスープを子どもに飲ませるとき、息を吹いてさます時間がないので、一口ずつ口に運ぶときに母がするのとおなじ音をたてて、ダリラは揚げ菓子にかじりついた。それは二回に分けて口で出す特別な音だ。まず息を吸って口蓋に舌をつけてそれをしっかり保ち、そして長めに吐き出す。母の友だちのアラブ人の女たちといるときにするため息とおなじく体で覚えた、ある意味特筆すべき息の吐き出し方だ。ダリラは母の友だちを、カビリー人であっても「アラブの女たち」と見なしていた。幼いときには、「ママンの友だち」と呼んでいた。それから大きくなってそう呼ぶこともなくなり、彼女たちを話題にすることもなくなり、もう自分のためにしか「アラブの女たち」と言わなくなった。というのも女たちはいっしょにいるとみながみな、声やしぐさ、姿勢など立ち居振る舞いがおなじで、バス、メトロ、辻公園でおしゃべりしていればすぐそれと分かるくらいだったからだ。フランス人の女たちはあんなふうに話さないし、身ぶり、手ぶり、笑いも嘆き声もあんなに激しくない。ダリラは母とその友だちがしゃべるのを聞いていたが、そのおしゃべりが全部分かるわけではなかった。自分がまだチビたちとおなじ頃には、母親たちのこの集まりが好きで、ほかの子どもたちが公園で走ったり砂利まじりの砂場で遊んだりするのに、母親から離れずにいた。母親はアラビア語で「ほら、遊んでおいで」と言ったが、ダリラは強情にそばに残って、母親が外へ出るときに履く、日曜午後のモントルイユの市場《マルシェ》かタチ〔バルベスにあった安売りスーパー〕で買ったざらざらしたポリエステル製の陰気な暗い青色のスカートに頬をつけていた。子ども服は大体タチで買った。年に二回、託児所が休みの水曜日の朝、夫から金を受け取り、子どもたち全員を連れてそこへ行くと、子どもたちは売り場や階段を走り回り、有頂天になって叫んでわめくのだった。母親は子どもを放っておいた。それぞれの背丈はちゃんと知っていたし、本人たちは実際にいなくてもよかった。アラブ人のパン屋でアニス入りのパン、黒オリーブ、刻んだ玉ねぎを買って近くの辻公園でシテに住むフランス人の労働者階級の子どもたちが言うように、「飯を喰らう《カセ・ラ・クルート》」のだった。母親は子羊の頭を買った。それは父親の好物で、子どもが寝静まって皿洗いが終わったあと、一人で食べるのだ。オーブンで焼いた子羊の頭の夕食に父はたっぷり時間をかけてありついた。清潔を重んじるアラブ人の繊細さをもって指先でつまんで骨はしゃぶるようにきれいにたいらげ、顎と歯の部分は母が乾かすのだが、それを担任の先生が学校に持ってきてほしいというほどだったので、もちろん洗ってジャベル水〔殺菌用の水溶液〕に通してからわたした。

ダリラには興味のないこの界隈を離れるまえに、母親は香辛料、ミント、緑茶、スムールなどを必ず買って、それからみんなで家に帰って、買ってもらった服をそれぞれが試しに着て、それが終わると母親だけが開けられる寝室のタンスに服を並べて入れた。学校へ行くときの子どもたちの服を毎朝選んでそれぞれに手わたすのも母親だった。少しくたびれたズボンやセーター、シャツなどは、やはり子沢山のおなじブロックに住むフランス人が言うように、「着たおす《フィニール》」のが常だった。

ダリラは弟に、そこで何をしていたか訊かなかった。今度は弟が揚げ菓子に喰らいつき、おたがいに左手首で時間を示すしぐさをしてそこで二人は別れたが、二人とも腕時計はつけていなかった。

ある日、弟はピガール〔パリ九区と十八区にまたがる歓楽街〕近くのもぐりの露店で安く買ったという腕時計をして家に戻ってきた。父親の目にとまらないよう、セーターの袖を手首まで伸ばして時計を隠した。後になって母親は、それを弟が身につけているのを見つけたが、そのときには弟の時計に対する興味は失せていた。弟たちがあるものを手に入れようと、夜な夜な夢中になってひそひそと相談しているのにダリラは部屋で聞き耳を立てていた。ダリラがよく聞き取れない英語の名前のついた器具のことが話題になっているらしく、何日も前からずっと小声で熱心に、欲しくてたまらず興奮して議論する合間に入る沈黙に続いて、「すごい《ジェニアル》、最高だ《シュペール》」と言いあうのが聞こえた。弟たちが聴いている意味不明の国の言葉で歌う野蛮な音楽が耐え難いときには、父も母も音量を下げろとかやめろとか言うのだが、その器具ではそんなことを言われることなく音楽を聴けるらしい。家でも外でも、バスやメトロのなかでもどこでも接続でき、コレージュの教室のなかでさえ何も文句は言われないらしい。弟たちは技術訓練のクラスで退屈しきって、うまくいったら一人は木工の、もう一人は機械工の研修生になれるのを待っていた。今のところ、ヘッドホンといっしょにその器具をまず一台買って二人で聴き、それからもう一台買うことに決めていた。ある晩二人は、姉のダリラが眠っていないと知らずに仲間のことを話していたが、そんなことを弟たちもするのだろうか。水曜と土曜の午後、ピガールや駅の構内、サン＝ジェルマンでもストラスブール・サン＝ドニでも、うろついている男をひっかけるのだ、そんな男たちが欲しいのは娼婦ではなくて少年だった。弟たちはシテの移民家族の男の子たちを知っていた。ポルトガル人はポルト、北アフリカ人はブーニュール、アンティーユ人はネグロ、そう呼ぶのが習慣なのか侮蔑なのか、ダリラにはよく分からなかったが、そうやって金を稼ぐよそからの移民も、自分たちのことも、そんなふうに弟たちが呼ぶのを聞くのはいい気はしなかった。二人ははっきり言っていなかったが、ダリラはメトロやプラットホームに捨ててある「リベラシオン」、「フランス・ソワール」、「ル・フィガロ」などの新聞をパリへ行くまでのあいだに拾って読んだりするので、アラブ人の少年が特に好まれる男性向けの売春地区があるというのを知っていた。母親はちゃんと話してくれなかったが、娘の売春のことも聞いていた。シテでは、娘たちが何日も家に戻らなくて、それから警察が親の家に連れ戻してきて、未成年担当の判事とか裁判所とか、さらには刑務所とかの名前を出して親を脅すという噂が流れていた。そんな娘たちは家でめった打ちにされ泣きわめくが、一週間も経つとまたおなじことを繰り返した。どこそこの病院に行ったと社会保護士から聞いた母親が娘を探しにいくこともあった。家出した娘たちはすぐさま近所や警察から、それに親からさえも淫売、売女、あばずれと呼ばれる。ところが男の子たちは、決してそんなふうに罵られることはなかった。誰も何も言わない。新聞に書いてあることをどう考えたらいいかダリラには分からなかった。それが本当かどうか、誰に聞いたらいいのか。その夜までダリラは、どうやってお金を手に入れるのか弟たちに訊いたことはなかったし、それに二人の話だと、バイクとバイク用ウェアを手に入れ、それを親に知られないように巧みに隠している仲間がいるようだし、弟たちも盗んだと父親から疑われないようにレコードプレーヤーを仲間の家に預けているようだった、父親は盗みを疑っても売春は……通りを歩く娘は父親にとって売女だが、息子の場合はそんなこと思いつきもしないだろう、もしそれを知ったなら、殺すと言って脅すだろう。娘よりもさらにもっと、それは家の名誉を貶めることだ。その夜ダリラはまた、弟たちが体を売るよりも泥棒であってくれたほうがいいと思った。二人にはそう言うつもりだった。けれど、そうできるまえに自分が家を飛び出してしまった、すべてがうまく行かなかったあの日に。

ダリラはまた、すごい器具のことを弟たちが話していたあの夜、揚げ菓子を手にしたムルードとサン＝セヴラン〔パリ五区。中東やマグレブ料理店が多い〕で出くわしたが、そうではなく、サン＝ジェルマンのドラッグストア辺りで男をひっかけようとしていたらどうしただろうと考えた。ムルードとおなじくらいの十三、四歳の少年がブラッスリーの辺りで曲がって歩道を大股で歩き、フール通りの角や映画館の前で止まって客を待ち、後から追いついてくる男と消えていくのを何度も見たことがあった。弟たちがソファーベッドに二人並んでおしゃべりに興じていたあの夜まで、ダリラは二人がそんなことをしたらなどと考えたことはなかった。もしそうだったら、ムルードに声をかけずにはいられないだろう、聞こえないふりをされたら近づいて行く、男は面倒に巻き込まれたくないから逃げるだろう。そうしたら弟にはアラビア語で、「なに馬鹿な真似してる？」とちょうど父さんが子どもたちに、もう何をどう言ったらいいか分からず、くどくど説教せずにとにかくだめだと禁じるように言うだろう。ムルードははねつけ、「ほっといてくれよ……あんたに関係ないだろ、口出しすんなよ」とフランス語で言うだろう。するとダリラは「ムルード、ちゃんと聞いて」と今度はフランス語で言う。やさしく懇願するように、でも弟に何を言うべきか見当もつかず、何も考えていないのに、「お金ならどうにかするわ、少し待って、辛抱して、お金はわたしがどうにかするから」と金の算段はもう考えてあって、そんなことはたやすいかのように、弟に言ったりするのだろう。弟は当然、何言ってるんだか分からない、とっとと消えてくれ、話しかけないでくれ、と言い返すだろう。そうなら弟をドラッグストアの入口に残してその場を離れるが、ダリラが何度も行方をくらましても弟は姉と出くわして、そのたびに弟を引き留めて、わたしだってあなただってあなたの兄さんだって、三人ともあのクソみたいな器具を買うお金ぐらい持ってるわ、と言うだろう。何かいい方法でもあれば、中古とか、そう、中古なら半額で買える……もし本当にお金がどうにも作れなければ盗めばいい……そう口には出さないけれど、ムルードに分からせてやらねば。

しゃべる女の顔のほうを見あげながら、ポリエステルはアイロンをかけなくていいから楽だと母親が何度も言っていた。洗濯が簡単なごわごわした布におしつけた頬がむずむずしつつもダリラが動かずに立ったままでいると、母親の友だちは、みんなといっしょに遊ばないなんてこの子は変わっているわね、公園の外の空気を十分吸わせないのはよくないわ、おなじ年頃の子どもと遊んだほうが楽しいのに、と言った。母親は何も言わなかった。娘が横にぴったりくっついていても苦ではなかった。冬になると、外は寒いからとファティマはアクリルのフラシ天の上着を着たが、母親はこれを大事に扱って、いつもビニールのカバーに入れてから寝室のベッドの前のタンスにしまうのだった。三つ扉で鏡のない、ほとんど天井に届きそうなくらい巨大なタンスで、バルベスのレストランで五年間働いたあと、帰国してアルジェに戻る知り合いから父親が買ったものだった。父親はそれをどこかに預けなくてはならなかったが、金がかかるのでとりあえず仲間と住んでいた部屋に置いて、三人の男たちで使った。冬には洗濯物が乾かないので、タンスのなかに洗った下着を吊るすことさえした、男三人だ、うち二人は郷《くに》で結婚していた。母親がタンスを開けたとき、男たちが段ボール箱に入れて奥に長いことしまっておいたイチジクやナツメヤシの匂いがまだ残っていた。その匂いにファティマがシーツ類、ウールやフラシ天の服のあいだに入れたナフタリンの匂いが混じった。ナフタリンを入れるのがいいと教えてくれたのは無料診療所の待合室でたまたましゃべったシテに住むフランス人の女性で、下から二番目のアリの体じゅういたるところに突然吹き出物ができてしまい、ファティマは午後中ずっと待合室で待たなくてはならなかったのだ。ほかの部屋にはクローゼットも物入れも、もちろんタンスもない、ただ、すでに備え付けてあった棚があって、誰もそれを動かそうとは思わなかった。母親は何でもタンスに入れた。匂いを出さない大切な乾物や備蓄品、しっかり閉まるブリキの缶、小麦粉やスムールの袋……まだバルベスで売っていた円錐形の砂糖の塊、子どもたちの昔のおもちゃ、とくに女の子用の人形はもう古かったが、捨てたくはなかった。臨月で体がきつく、診療所の医者からできるだけ横になるように勧められたので、外出できなかったある日曜の午後、父親が下の二人の妹、ジャミラとサフィアをモントルイユの蚤の市に連れて行った。歩道に敷かれた露店のシートの上に何十もの人形が雑然と並べられていた。服を着たのも着ていないのも、スリップだけやパンツだけの人形が積み重なった光景は、クリスマス前の雨の日曜で、うす汚れてもの悲しかった。妹二人はシートからシートへと人形をずっと見ていた。ずっと見ていても、なかなか一つは選べない。父親は身を屈め、サフィアとジャミラが指す人指し指のほうからいくつか人形をより集め、手に取ってぐるぐる動かしてちゃんと手足が曲がるか、ちゃんと目は閉じて開くか、服は破れていないかを調べた。二人は人形を手に取り、髪、目の色、スカートやドレスを長いこと比べていたが、父親は娘たちをせかさずに角《つの》細工の柄のついた長ナイフをじっと見て、店の男がフランス人だったので値段は訊かず、娘たちが人形の品定めをするようにそれを手に取って開いたり閉じたり、ぐるぐる回して見たりしたが買わなかった。父親は人形の代金を払った。サフィアのは青い目でブロンド、ジャミラのはハシバミ色の目で褐色。店の男は二人にそれぞれ、お嬢さんたちの妹さんにね、とわざわざつけ加えて、殆ど双子のようなひどい顔の赤毛の小さな人形をくれたが、二人には妹などいなかった。二人は何も言わなかった。二人とも赤毛の人形をきつく握りしめて、その代金を払わなかったら取りあげられると思ったから、父親の手を取って引っ張るように、山積みになった人形が横たわるシートから離れていった。妹たちは勝ち誇ったように家に戻り、褐色もブロンドもアリに貸してあげて、醜い二つの小さな赤毛の身なりを整えてあげた。夜にはムルードが木の板と段ボールで人形の家を作り、母親はタンスの右奥にしまってあるタチのビニール袋から子どもたちが拾い集めた安物の端ぎれを出してきた。それはある日、店が火事になり、店内の半分焼け焦げた在庫品の布を消防が舗道に投げ出したものだった。夜、テレビの前で母親は、もう小さすぎて下の子も着られないが毛糸が高いので絶対捨てたりしないセーターをほぐして、人形の布団やショールを編んでくれた。

夫は古い背広が一着あるきりだったが、ファティマはしっかりブラシをかけてビニールのカバーに入れ、自分のフラシ天の上着のすぐそばにそれをしまっていた。夫はナフタリンの匂いがいやだと文句を言った。それからファティマはタンスにはナフタリンの代わりに、市場で見つけた乾燥ハーブを入れて、香りがなくなってしまうと別のに取り替えた。ローズマリー、タイム……一度だけ、毎年南仏の貸別荘に隣接したいわば車庫のようなところでひと月を過ごす、おなじブロックに住むフランス人がくれたラベンダーのポプリをタンスに入れたことがあった。けれど、セーターがひどい匂いで着られないと夫は文句を言った。仕方ないので匂いが消えるようにセーターをパタパタ揺すって、ベッドの足元にある椅子の背もたれに広げておく羽目になってしまい、まだ洗濯せずにいた今まで着ていたものを着直した。ファティマはポプリを娘たちに与え、アリが包みを開けて中身をばらばらにしないようにと、ダリラの妹たちはそれを人形の家のなかに隠した。妹たちはそれぞれ、ラベンダーをほんの少しつまんで古くなったハンカチを切った布で包み、枕の下に隠した。妹たちは毎晩、隠した枕の場所をくんくん嗅いでいたのでダリラはそのしぐさに驚いて、あんたたち、どうかしちゃったの、仔犬がくんくんするのとおなじだわ、と言ったので妹たちはげらげら笑ったが、ある日ダリラは、どこからか知らずラベンダーが匂うのに気づき、それは妹たちが姉のベッドの頭部にそっと入れたものだと分かった。

子どもたちの手が届かない一番上の抽斗《ひきだし》に母親は書類を入れておいたが、それはまだ手続きしている最中の大事なもので、夫は平日に役所に行く時間はなかった。何度も出し入れして折れたりしないよう、書類はしっかりした固めのビニール袋で包んでおいたが、それをさらに、あまりくたびれていない古いシーツを切った布で包んでおいた。役所のテーブルで見つけた大きなゴムバンド二本で書類を束ねた。白い布包みは社会保障、家族手当……それと居住証明書、マットレスカバーの生地で包んだほうは子どもたちの学校関係の書類、在学証明書、生徒手帳、学期ごとの通知表、これらはそれぞれ、いつでも個別に必要になるからひとまとめにしておいた。役所に行くときには手続きするのに困らないように、ファティマは全部バッグに入れておいた。

ある日、役所からの帰り道に寄ったスーパーで、自分のバッグがないのに気づいた。胸に手を押しあて、気も失わんばかりだった……店の入口に積んである赤と黒のプラスチックのバスケットに入れたままで、それを取るのを忘れていたのだ。神への感謝の祈りを自然とつぶやいていた。次からは書類の束は紐で結わえて首にかけ、服の下に身につけておこうと心に誓った。役所の係員は不審に思うだろうが、それなら絶対なくさない。夜、その時どれほど気が動転したか夫に話すと、書類を一度に全部持っていくなと言われた。でもファティマは字が読めない。ダリラといっしょにどれがどれだかちゃんと覚えなくてはいけない、書類を色やかたちで分けて、それぞれちがう暗号のようなしるしをつけなくては、そうすれば間違わずに中身が区別できるだろう。数日後、ダリラが母を手伝った。夫に言われたことをすぐ試すことはしなかったが、夫が言ったやり方になるほどとも思った。

おなじ抽斗には、書類の隣りに、フランスに来てから受け取った、今では十五、六年分の手紙や絵葉書が年毎に紐でしっかり束ねてしまってあった。全部アルジェリアからのものだ。夫の友人が休暇で帰省したときによこしたものや、ほとんどは家族が送ってきたものだ。夫には兄弟がたくさんいた。アルジェにいる者や他の町の小さな工場で働いている者など、村に残った兄がフランスにいる夫のいろいろな雑用をしてくれていた。夫はこまめに手紙を書いた。一家には畑があった。フランスにいる夫の取り分の区画によくよくは家を建て、家族と村に戻ったときに住む、あるいはそこで死ぬつもりだった。夫はしょっちゅう、よそ者の異教徒の地で死にたくないと言っていた。それについて父親と母親が話しているのを聞いて、ダリラは幾度となく驚いた。二人はアラビア語、ときにはカビリー語で話をする。ダリラはアラビア語はうまくしゃべれないが聞いて理解することはできた。カビリー語はそれほど分からなかった。その話題になると、母親は父親にもっと小声で話すように促したが、死ぬことの話になると熱がこもるのか声をひそめることはなかった。父親は妻に、故郷の村にやがては建てられるはずの家で死を迎えるのでなければ、その場合は自分がよかれと思うとおりにすると神に誓ってくれ、それ以外は何も望まないと何度も説明した。ある晩、すべて言われたとおりにするとファティマが夫に誓うと、十五年以上いっしょに暮らしているのに妻にこれっぽっちのやさしい愛情のしぐさなどしたことのない夫が、その赤黒い手のひらで、涙を流さんばかりの妻の頬に微かに触れるのを、ダリラははじめて見た。ファティマは夫のまえで泣いたりしなかった。昼間、子どもたちが学校に行って家には末っ子の赤ん坊カーデルだけになると、眠っていれば抱きあげて起こし、胸にぴったり寄せて、アフルーの美しい絨毯の上で歌を歌い始めると、ファティマはもう泣きたいなどと思わなかったし、なぜ、いつ、涙を流したのかすら忘れてしまった。夫はフランスに来るまえは石工だったから、個人がやっている工事で土曜、日曜ともぐりで働くことがあって、そうやって余計に働いて給料以外で稼いだ金をとっておいて、もしここで死んだら葬式代にしなくては、とファティマに言っていた。朗誦師たちには金を払って祈禱をあげてもらい、男たちには浴室に閉じこもって死人の体を洗ってもらう。髪と髭は残しておく。土地の風習によっては爪を切るところと切らないところがあり、祈りを唱えながら死人を洗う。男が死んだ場合、妻や子どもは死人の体を洗うことはできなかった。白い麻布で幾重にもくるみ、通夜のため白い敷布の上に置く。子どもたちは女たちといっしょに家の一角で泣いたり叫んだりして、男たちは別の一角に集まる。弔いは二、三日続き、家族、友人、隣人など全員が家のなかで食事をして夜を明かし、弔いに訪れたそれぞれが、未亡人が食べていけるように金をわたす。ファティマの夫は、妻と七人、いやおそらく八人の子どもが路頭に迷うはめにはなってほしくなかった。夫はだから、自分の蓄えをどこかムスリムの協会に預けて、金銭絡みの厄介事が起きたら協会に解決してもらおう、一番上のダリラにそのことを言っておかねばと考えていた。娘はしっかり仕切るだろうし、書類はちゃんと読める。ダリラの母親は頭を横に振ったが、父親は「娘には話しておく」と繰り返した。

経帷子に包まれ、土中に埋葬されるムスリムが……もし、ここで死んだ場合は鉛の棺桶が必要だ。妻は身震いした。異教徒がするみたいに棺桶だなんて……鉛の棺桶だなんて……向こうに運ばれたら棺桶のまま埋葬されるのか、それともしきたりどおりにするのか訊いたことがあった。夫は肩をすくめた。普通は腐った屍体は外に出さないだろう、村の兄が全部やってくれる、けれど、鉛の棺桶を船か飛行機にのせて運ぶのは時間がかかるし、とても高くつく。そうなることを夫は知っていた。バルベスに自分とおなじ、「第一世代」と呼ばれる世代の男たちが集まるカフェを何軒か知っていて、そこでしゃべったり飲んだり、ちょっとした取引、特に遺体の本国送還の手続きをしたりした。自分が死んだらどうするか、気にしないムスリムなどいなかった。家族も知り合いもない者が亡くなったら、郊外の共同墓地行きで、遺体を送るだけの費用がない場合は、郊外のマグレブ人移民用の墓地に埋葬される。「ムスリム用区画」と呼ばれる場所がある墓地もいくつかあり、信仰に則った埋葬ができるのだ。夫はこの地にずっとはいたくなかった。男たちは――息子モハメドが父モハメドの後を継いで――フランスにやって来たときはもちろん若くて頑健だったが、歳をとると結核を患ったり、アルジェリア人を悩ます胃潰瘍の手術を何度も受けて自分も死ぬのだと気にかけ始めて、故郷の村に戻って数カ月、数年過ごしたいと思うのだった。

夫が必要なお金を貯めるにはまだ三年かかった。自分で計算してみた。そしてこうつけ足す。これから先病気になったらいけないな、病院通いなんかしたら、一年、いや二年余計にかかる。「そんな話しないで……もうやめてよ……」妻は口をはさむ。ダリラもまた母親とおなじく、「父さん、自分でも言ったじゃない、もうその話はやめましょうよ」と言いたかったが、父親は話をやめず、疲れきって目を閉じてしまった。これらすべてのことは、ダリラが耳にすることはなかったはずなのに、あまり眠れない夜を過ごすこの一週間、父がその話を持ち出すたびに、そのつもりはなくても聞こえてしまったのだ。余計に働かなくてはならないこの数年のせいで病気にならないかと父親は心配していたが、それは帰国ができなくなってしまうからで、死ぬのが恐いわけではなかった。自分の蓄えを増やしたいからと、家を建てるために毎月村の兄に送っているわずかな金額を減らしたくもなかった。兄は父親に細かく報告してきた。工事の進捗状況、費用、セメント代、家の骨組みの工程の遅々たる進み具合、というより石工たちの作業が丁寧なのだが、自分の仕事がなくて時間があるときやセメントが届いたときにこれらについてきちんと手紙を書いてよこした。手紙には兄が記した細かい会計報告もつけられていた。妻は手紙を全部取っておいたので、それを見れば、向こうの家の費用や鉛の棺桶とその飛行機代を出すのに兄にいくら支払えばよいか、すっかり分かるのだった。夫は自分が死んだときのことしかしゃべらないので、妻は一度、「それじゃ、わたしが先に死んだら?」と言ったことがあった。わたしが先だったら? 呆気にとられて妻を見た。考えたことはなかった、本当にそうだ。おまえはだいじょうぶだ、と言った。自分より先に死ぬことはないよ……じゃあ、子どもたちが先だったら? 母親が笑っているのがダリラに聞こえた。父親は妻に笑うのはやめろとは言わなかった。自分が死んだときの話を妻がしたので、妻はちゃんとそばにいるのを確認するかのように、あらためて妻をじっと見た。すると突然、父親も笑い出して、ダリラはこの二人のもとを出て行こうとしているのを思うと、涙がこみあげてきた。父親は繰り返した。「おまえが……おまえが死ぬって……考えてもみなかったよ。自分のことばかりで。病気なんかじゃないだろ?」急に心配になった。社会福祉課が紹介してくれるパリの病院はどれも信頼できたから、妻がお産や感染で死ぬなど一度も考えたことはなかった。以前、妻が妊娠中に不正出血してひどく驚いてすぐ病院に連れて行き、二日間できる限りのことをつくして、家で子どもの世話をダリラとしたことがあった。病院から妻が戻ってくると、夫は妻の出血のことなど忘れてしまって、妻は妻で仕事で疲れたとか心配だなどと一言も言わなかった。そういうわけで、妻が死ぬことなどこれっぽっちも考えたことはなかった。それに、妻はそれを話しながら笑っている。こいつだってそんなの信じちゃいない、考えたことはあるんだろうか？　信心深い女だが、死ぬなら郷《くに》で死にたいなんて一度も言われたことはない。男だけでカフェで話すとき、妻のことは話題にならない。どの男も自分とおなじように考えているにちがいなかったし、あるところで誰かが繰り返し言っていた。おれたちのかみさんはみんな年下で若い……ムスリムのしきたりはよくできている……

手紙は妻がしっかり整理し、フランスに来てから受け取ったものは一通だってなくしていない。妻は兄の子どもたちに服を送ってやる、特に靴はいつも欲しがっていた。近所の知り合いや友だちから不要なものをもらって荷物を作り、服の真ん中に林檎と石鹸を隠し入れた……アルジェリアの兄からの手紙で石鹸を欲しがっていると知った子どもたちは、シテや近くのシテの靴ふきマットのそばに置かれたカドムやパルモリーヴ〔どちらも石鹸洗剤のメーカー〕の試供品を残らずせしめてきたが、試供品の石鹸だけで満足するというわけではなかった。大きなスーパーに行けば安売りの石鹸があるのをファティマは知っていたが、子どもたちには何も言わなかった。教えれば石鹸ひとつで四千戸シテ〔一九六〇年代から建設された四千戸分収容する巨大団地の名称。ラ・クールヌーヴはその典型〕の警察に行く羽目になっただろう……林檎に石鹸の匂いがつくかファティマは考えたことはなかった。タンスの下にため込んだ石鹸は、毎回村に送る小包に入れても十分な数があった。林檎はマルシェの店じまい直前の投げ売りで買った。いい林檎を包みに入れるようにして、残りはラベンダーのポプリをくれたフランス人から教わったとおり、祭りの日に揚げ菓子にした。

アルジェリアの兄への手紙は、ひと月に一度ダリラが書いた。手紙には、すべてうまくいっています、みんな元気です、そちらもまた、大人も子どもも元気でありますように、と書く。それからいつもおなじ決まり文句のあとに、子どもが生まれたとか、割礼の祝いをしたとか、試験に合格したとか……よいことは全部書いた……悪いことは書かなかった。早産で生まれた妹が病院で七日後に死んだことは、母親が妊娠七カ月半で入院したことで一番年長のダリラには隠せなかったから話したが、ほかの誰も知らないことだ。父親は友だちには黙っていたし、母親の女友だちは別の区域に住んでいた。彼女たちが自分の家で誰かに書かせる手紙には、だから、その話をすることはありえなかった。

たとえ父親が失業したり、何日か入院したとしても、それについては書かない。ここで簡単に手に入らない香辛料、たとえば「店の一番推し」や母親がよく知っている薬草を送ってくれと頼んだりはした。薬草は混ぜあわせて飲み物や軟膏を作り、子どものちょっとした擦り傷にも塗ってやった。いつも寒いと書いたが何を隠す必要があろう。カビリーの村だって寒かったのだから。

書類と手紙のすぐ下の抽斗《ひきだし》に、母親は子どもたちが学校で使ったノートを取っておいた。特に長女のダリラのものが多くて、それは彼女がよく勉強したからだった。娘がきれいに文字を書き、格子線の入ったページがびっしり埋めつくされ、下線が引いてあったり、文章が訂正してあるのを見るのが好きだった、余白に赤が入っていて、ダリラから聞いたのは、Bが「よい《ビアン》」でTBが「とてもよい《トレビアン》」だった。ファティマは学校へは行かなかった。本当は行きたかった。けれど人生なんてそんなものだ。夜遅くの識字教室はあるが疲れてしまうし、もし夫から許可が下りても毎回きちんと通えないだろう。署名の書き方を娘が教えてくれたが、学校の勉強の邪魔はしたくなかった。夜、ダリラには宿題がたくさんあったから、母親の相手はしていられなかったし、弟や妹が問題を解けないと食卓で宿題をしている姉に訊きにくると、おとなしく助けてやっていた。母親はダリラの根気に感心した。もしフランスにずっといたら、娘は教師になるかもしれないと思った。ダリラが郵便局の窓口係や社会保障の事務員より、教師になるかどうか知りたかった。ファティマは学校に子どもたちを迎えに行くのが好きだった。チビたちの教室に入り、子どもたちのたてる騒々しい物音や叫び声のなかで、教室や壁、名前入りで貼ってある絵を見た……社会保障の役所の建物が内装をすっかり新しくして、ゴミ箱には書類挟み、アルファベット順のインデックス帳、ノート、古いカレンダーが山ほど捨ててあったから、子どもたちが使えそうなものをいろいろ拾って持ち帰り、そこからダリラは大きなノートを取って、ファティマのために兄弟姉妹それぞれの名前を書いてやった。ダリラは残りを通学カバンと、それといっしょに持って行くビニールの手提げにぱんぱんに詰めた。上の弟たちがいなかったから、チビたちは文房具の山に飛びついた。ダリラは上の弟たちに、ノートと書類挟みをそれぞれ一つずつ取っておいてやった。二人にわたすとせせら笑って、「これで何しろっていうんだ？」と言った上の弟はそれをコレージュの仲間に売ると言った。ダリラはノートにそれぞれの子の名前を大きくはっきり書いて、それを母親は眉間に皺を寄せて、唇をぎゅっと結んで、上の歯で下唇を噛んで痕がつくくらい集中してそれらを真似て書いた。それから一息ついて、でもすぐにおなじくらい根気よく頑固にまた字を書いて、ダリラとおなじ、まるくてふっくらした唇をぎゅっと噛んだ。最後には、唇の噛んだところが紫色にくぼむくらいだった。ファティマは午後、買物や役所の手続きで外出せずに家に一人でいるときは、子どもたちの名前を書く練習をした。一日つぶして役所から役所へ行くよりも、短いあいだにもっと集中して専念するこの仕事のほうが好きだった。綴りを言いながら、それを迷わず読めるようになるまでノートのページ一杯に書いていく。七人の子どもの名前を全部書くのは大仕事だった。それが終わるとつぎに夫の名前を書き、最後には二ページを使って自分の名前を書いたが、フランス語の文字はきれいだと思い、メトロの駅も全部ではないが少しずつ分かるようになってきた。見たときすぐ分かるのは、iとa、それとl、m、nだった。小学校《ラ・プリメール》に行き、夜はダリラといっしょに本を読んでいる妹たちのように、綴りを声に出しながら、ダリラが言って聞かせているように音節で切った。FA－TI－MA、これが自分の名前だ、けれど家のなかで誰がこの名前で呼んでくれよう？　子どもたちは「ママン」とか、生まれたときからアラビア語で教えた「イマ」とか呼ぶが、夫は……よほど重要な話や手紙を受け取ったときや、借金のこと、役所の手続きや、死んだらどうするかといった話のときしか自分を呼ばないし、それもただ呼びつけるだけだった。FATIMA、ごくたまにしか耳にしないこの名前は自分の名前で、しかもそれを書けるのだ。夫の甥っ子がフランスのこの家にやって来たらすぐにではなくても、いるあいだにアラビア語で名前を書いてもらおうと思った。リセにも行っているし、アルジェリアの子どもはみんな、小学校《コミュナル》からアラビア語を習っているから……フランスにいるうちの子どもたちとはちがう。近くにアラビア語で教える学校があれば、その言葉を読み書きできるように、今はすっかりフランス語をうまく話して母国語を忘れてしまった子どもたちを通わせただろう。上の子たちはお互いフランス語でしゃべっている。チビたちは二つの言葉をどちらも使い、カビリー語は普段使う単語しか分からない。ダリラが一番よく分かるが、話すことはできない。

この名前練習用ノートは、それを作ってくれたダリラだけは知っていたが、ファティマは誰にも見せず、タンスのシーツや布巾類の下、誰も触れることのない場所にしまった。布の山の後ろか下に埋もれるように隠して、まるで秘密のラブレターを隠すようだったが、いまだにフランス語がちゃんと読めない夫はそんなものを妻に書こうなどと思ったことはなく、そもそもそういう習慣だったのだ。アルジェリアの男は好きな女や妻に手紙など書かない。母親が亡くなって、夫だけひとりでアルジェリアへ二週間帰ったが、妻に直接手紙を出すことも妻から夫へそうすることもなかった。ファティマは夫からの手紙など持っていないし、夫だって妻からの手紙は持っていなかった。夫の兄の息子が、フランスの叔父、つまりファティマの夫が言うことをフランス語に書き写した手紙を、ファティマ宛ではなく家族に、ダリラの兄弟たちに宛ててよこした。ダリラがアルジェリアの家族に毎月送る手紙に記す決まり文句の挨拶を従兄は繰り返してから、万事うまくいっている、母親が死んだばかりだと書くが、この重大な出来事を忘れてしまったわけではなかった。死ぬことは避けられないことだし、しきたりどおりにすべきことはすべてした。それについてくどくど話す理由はなかったし、自分の家族に宛てる手紙でそれに触れるなどありえなかった。従兄は手紙で、こちらは天気がよくてみなしっかり働いている、用事が片付いたらすぐ、三日後には戻ると書いた。一族で聖者廟《マラブー》にお参りしたこともあったが詳しいことは書いてなかった。手紙はダリラの書く手紙とおなじように、全員に忘れることなく口づけを、で終わって……子どもたちの名前を順々に書き、アラビア語で署名した自分の名前があるが、それは食料品屋の包み紙の端切れに甥っ子が書いたのをしっかりそのまま真似してなぞったものだ。生《なま》の食品を店の主人が紙に取り、それを折り曲げてあっという間に円錐形の包みにする、そのネズミ色の厚ぼったい紙は、ファティマの夫の家族の誰かが仕切っている村に一軒しかない何でも売っているよろず屋でまだ使われていた。二週間のあいだにファティマは、自分の名が記された手紙を一通だけ受け取ったが、自分の名前ＦＡＴＩＭＡがまだ読めない頃だった。地区の配達員はアンティーユ出身で、他の配達員とちがって手が汚れておらず、半ば錆びて開けっ放しになっていたり、力づくで開けなければならないようなシテの郵便受けに手紙を入れていった。ファティマは手紙を取って部屋着と肌着のあいだの胸のところにずっと入れておき、学校から戻ったダリラが子どもたちの前で読みあげ、自分はそれを聞きながら牛乳入りスムールを作るのだった。上の子たちは手紙の中身など興味はない。ダリラが読んでも聞いていないし、チビたちから村やアルジェリアについて聞かれることがあっても、冗談半分にからかうばかりで、しまいに母親はアラビア語で黙りなさいと言うほどだった。母親がアラビア語で言いつけると上の子たちはそれに従うが、たいていの場合、そこにいないことが多かった。上の弟たちが馬鹿にして冷やかすときは二人いっしょにフランス語で「オーララ！」と言ったが、母親の生まれた村が隣りだったからよく知っている父親の故郷について話し出すと、口をつぐんだ。母親はいつも最後に、「今度行ったときには……」とか、「あんたたちがあそこに行ったら……」と言った。ところが上の弟たちは、それが話の最後の合図だと知っているので、「ああ！　それはなし……絶対行きっこないから！」と叫んだ。「ああ！　ママン……いつ行くの？……もうじき？」とチビたちが言うと、「あっちじゃ退屈だよ」と兄たちは言う。「何知ってるのよ？」とダリラ。ムルードは自分自身と兄に答えるべく、「おれの仲間が言ってたことだよ。村では何していいか分からないって、えらい遠いところにあるしバイクもない、まわりは畑と山だけ、バスが通るのは週に一度、遊びに来る奴もいないし、村のよろず屋でみつけた大昔のマンガとか、たまたま配達された新聞とか読んでるって……田舎《ブレド》には知り合いもいないしな。石を運んだり、工事や摘み取りを手伝ったり、家畜を連れ戻したりしても一銭もくれない、だからもう手伝わないって。それに女の子にも全然会わないしな」。そうこうしていると母親がアラビア語で、ほかの話にしなさいと上の二人に言った。一瞬従うが、「女の子は家のなかに囲われているんだ、じゃなきゃ隠れている、六、七歳の小さい娘《こ》しか見ない、つまらないぜ。何していいかほんと困っちまう。せめて海があればなあ……町にも行けないし金もない、町は金がかかるからな、車がたまたま通ってヒッチハイクしても、車に乗っけてくれる奴なんかいない。親だってだめって言うし、村じゃ全員が従兄弟で、全員が全員を知ってるんだから……」と続ける。「わたしはいつか行くわよ……」とダリラが口をはさむ。「女だったらよけいひどいよ。向こうに行った知りあいの娘《こ》は彼氏といっしょに旅行してたからって石を投げられたって。おれたちみたいなアルジェリア人の彼氏だよ、バイクに乗って。女がズボンはいてバイクに乗って男といっしょにいるのも、それは向こうではだめなんだ、知ってるよな」。「でも、わたしは男といっしょでもないし、バイクにも乗らない、一人で行くのよ、歩いて」とダリラ。

弟二人はどっと笑う。「ロバで行けばいいさ……マリア様みたいに」と上の弟が言い足すが、妹の一人が古い子ども新聞で溢れていた学校の前のゴミ箱から拾ってきた絵入りの雑誌で、「エジプト逃避」〔マタイ福音書。イエス降誕後、ヘロデ王の嬰児虐殺を避け、ヨゼフとマリアはエジプトに逃れる〕を読んだばかりだったのだ。「家ができあがったらみんなで行こうね」と母親。一番上の兄弟のモハメドがせせら笑いながら「それまでにみんな死んでるから、何も心配ないって」。母親はもう、モハメドがどこに出かけるか聞いたりしない。モハメドもいちいち答えないし、好きなように答える。ムルードだけに母親が言う、「あんたはここにいなさい」。ムルードはまだ父親がこわいのだ。反抗的な態度をとったと父親が知ったら殴られるのを知っていた。彼は答えない。夕食を終えて、膨れっ面のままさっさと寝てしまう。そんなときは、誰もかまわず放っておく。ムルードが何をぱらぱらめくっているか、誰も見にいかない。モハメドが出がけに、「リュイ」〔一九六三年創刊の男性アダルト月刊誌〕を弟に貸してやったが、雑誌や新聞を売る店から兄が毎号盗んでくるもので、客や店主にマークされないように店は週ごとに変えている。それに友だちも「プレイボーイ」をいつも貸してくれる。ムルードは写真を眺める。記事は読んだことはない。兄もそうだ。グラビアの女たちはきれいで、いつまで見ていても飽きない……ある日、ダリラがソファーベッドを折り畳むと弟たちが隠していたものを見つけた、母親も一冊ぐらい見つけたかもしれない。いつもは自分たちでベッドを畳んでしまっていくが、その朝は遅刻した。ダリラは「リュイ」を手に取ってぱらぱら目を通した。それまでキオスクに並んでいる表紙しか見たことがなかった。ソファーベッドに座って、光沢紙でうまくめくれないので人指し指を舐めながらページを繰る。驚いたことに、自分より少し上の女の子たちがこんなふうにポーズをとって写真に撮られている。ダリラもまた、娘たちをきれいだと思うが、よくは分からない……雑誌を閉じて、母親に見つからないよう元の場所に戻す。ふと、大きいタンスのことを思った。母さんはあそこから自分の下着を取っていいと言っていた。これをセーターのあいだに隠したら……

そういう訳で手紙をタンスの抽斗にしまっておいた母親は、開ければＦＡＴＩＭＡと読むことができる自分の名前を記した手紙を三通もっていた。そのうち二通はかなり前、夫が作業場で事故にあって二週間入院したときに送られたもので、たいした怪我ではなかった。もし働けなくなってしまったら、建てかけの家や子どもたちにかかる金、アルジェリアに仕送りする分、死んだときのために貯めているお金など、手当だけではその出費に足りなかっただろう。そのうち一通は、ただ一度だけ不安を書いてよこしたものだった。身体障害者になれば今の勤め先はやめさせられる。死んだも同然だ。手紙は病室の隣りのベッドにいたフランス人に代筆してもらった。パリの住人ではなく、夫にとってはまったく関係のない見ず知らずの男で、それゆえ、家族だったら慎まなくてはならないことや、父と息子、叔父と甥っ子の近しい関係だったら互いに気を遣ってできない相談ごとも書いてもらえたのだった。フランス人だったから、親類縁者だったら絶対書かないことも書くことができた。ファティマの夫はこうして一度だけ、ちゃんとものを書けない外国人、小学校は行ったが修了書はもっていなかった元炭坑夫のフランス人に手紙を書いてもらった。その手紙をダリラが母に読みあげたとき、あまりに綴りの間違いが多くて驚くと同時に屈辱を感じた。フランス語を読み書きできない父親が、ほとんど文盲のフランス人に手紙を書いてもらわなきゃならないなんて。看護師やほかの病人には、きっと軽蔑されるから頼めなかったのだろう、ダリラには分かっていた。

妻に宛てたもう一通、これが最後になる三通目では、大丈夫そうだ、障害者にはならないと書いてきた。前のように働ける。うれしい。手紙のなかの決まり文句から、ダリラは父親と同郷人が書いたのだと分かった、綴りの間違いも前ほど多くはなかった。手紙の始めと終りは、アルジェリア移民の手紙独特の、しきたりどおりの言い回しだった……

ダリラが「母さんに伝えてくれ、家に戻れてうれしい……また家族とともに暮らせる」と読むと、母親は泣きそうになったが、手紙の最後のしきたりどおりの決まり文句は、意味がすっかりは分かっていなかったので反応しなかったし、ダリラも気にかけなかった。母親はこの文を聞きたいからと、ダリラにもう一度手紙を読んでほしいと頼んだ。ダリラは手紙を全部でまるまる三回読むことになって、子どもたちは学校、一番下の赤ん坊は社会保護士にやっと見つけてもらった託児所にいたから、母親とダリラは二人きりで、母親が聞きたい文言の前とその後で一息ついて合図するのだった。手紙の最後に七人の名前を書き連ね、「子どもたちに口づけを」、そして「おまえの母親にも」。手紙の中身は妻に向けたりダリラ宛だったりした。妻と娘、宛先を奇妙にいっしょくたにした手紙だ。妻のファティマに宛てた手紙にしては普通ではない、この最後の言葉をダリラは、母親が気に入っているもう一つの文とおなじくらいゆっくり読んだ。もう読んでもらわなくてもいい、すっかり覚えてしまい、昼間、メトロやスーパーで、何度か口に出してみることもあった。それ以来、父親は胃が痛くても病院に行くことはなく、もっと後になって、ちょっとした闇取引で儲けた自動車修理工場で働くバルベスの友人から格安で買ったワゴン車に妻と子どもたちを乗せて、アルジェリアに戻ったのだ。ダリラが読みあげるどの手紙にも最後に母親は、「ほらね、父さんはうれしいのよ」と何度もアラビア語で言い、「ずっとこれが続いてくれればいいのに」と自分に言い聞かせた。ファティマは夫が戻って来るのを待っていた。事故のあとの二週間が自分の人生に何か変化をもたらしてくれるように、川の流れが少し変わるように。病院は遠くて行けないしチビたちもいるから、二週間ずっと会っていない、上の子たちはチビたちの面倒を見たがらないし、ダリラはちゃんと手伝ってくれている、娘がもし教師になるんだったら、学校の仕事があるだろうから家のことは期待できない。ファティマは夫が戻って来るのを待っていた、妻に対する気持ちなどほとんど、いやまったく出さなかったあの夫、妻を愛することができるなんてそれまで知らなかった男のことをファティマは思い浮かべた。愛情のことなんてこれまで考えたことはほとんどなかった。そんな時間はなかったし、夫だって実際そうだ。それをファティマは分かっていた。

一週間に及ぶ「スト」のあいだ、ダリラは夜、とりわけ夜遅く眠れずにいるとき、両親が台所で話し込むのを聞いていた。家、学校、両親、なかでも父親との接触を断つストをして最後には、情け容赦なく、ときに攻撃的で、やさしいところが滅多にない父親の叱り方にたえきれず家を出ようと決心したのだった。

病院から戻った父親は母親には不安そうで疲れているように見え、「もう前とおなじひとじゃないみたい」と母親は口にした。ファティマには理解できなかった。家に戻れてうれしい、おまえに口づけを、と記した夫の最後の手紙については夫に訊ねることは決してなかったが、ずっとそのことを憶えていたから、妻である自分はそう記されてあった病院からの手紙をもう一度この目で確かめたいと思うたびに、ずっしりと重たいタンスが消えてなくなっているのではないかと急いで抽斗に駆けつけた。夫が自分で書いたのではないのは確かだった、同郷の者が代筆したとダリラは言っていたが、カビリー人か、チュニジア人か、モロッコ人か、ファティマは夫に聞いていない。「独立前のフランス人学校でフランス語を習った北アフリカ人」と娘は言っていたが、どうしてそれが分かるのだろう。しかし、少し黄ばんだ青い格子線の紙の上に記された手紙の文

言を夫の手がなぞらなかったにしても、その事実は変わらない。郷《さと》の村で親類が営んでいるよろず屋で手紙を書くために買った小学生の学習用ノートから破った紙だ。ノートだとしたら夫はどこにそれをしまっておくのだろう……きっとノートの紙だ、ほぼ毎年、市の学校が子どもたちにくれるノートの紙に似ているから、あれはたぶん「貧窮家庭」にだけにくれるのだろうか。夫には決して訊ねなかった。ノートも見たことはなかった。毎晩、夫の翌日の弁当を自分が作り、チビたちの具合が悪くて湿布や軟膏で手当しなくてはならないときにはダリラが作るのだが、その弁当を入れて持って行く鞄のなかを自分は探してみたことはない……たぶんノートは安い黄封筒といっしょに鞄のなかにあるのだろう。けれど、なんでまた紙と封筒を鞄に入れておくのか。ダリラ以外に、家の外で誰かに手紙を書いてもらっているのか、誰に手紙を送っているのか、何を書いているのか。病院でできた友人か、フランスかアルジェリア、どこか別の町に移り住んだ仕事場やカフェの仲間だろうか。夫は話さないからファティマは知るよしもなかった。中古の冷庫とか、鍋や桶とか、食器とか、家のなかで何か必要なものが出てくると、彼女が知らない友人や伝《つて》だったり、一種のネットワークが夫にはあった。ファティマが辻公園でおしゃべりするアラブ人の友だちも、自分の夫や息子が持ち帰ってくる機器や用具の出どころを知る者はいなかった。「ほら、家で使え」、こんなにたくさんコーヒー沸かしやお玉や漉し器はいらないと女たちが言っても、男たちはいつも「仕事でもらったんだ、家でとっておけ」と言う。クスクスの鉢にいたっ

ては、どこに置いてよいか分からないほどだった。女たちは家でちょっと洗濯するときにも使っていたが、浴室と台所にある数だけでも六個から八個はあった。女の子はなかに人形を入れて洗い、男の子は、瓶の栓、棒切れ、ガムの包み紙、砂や小石、さらに辻公園のとおなじくらい汚い土を詰めたマッチ箱に結わえた紐につけたものなど、見つけたものはなんでも、鉢に水を張って浮かべて遊んだ。

母親たちが集まるとおしゃべりが続いた。ダリラは母の尻に頬をぴったりくっつけて、彼女たちの話をよく聞いていた。誰が誰だか全員分かった。母のフラシ天の上着でダリラの顔が隠れて、誰がしゃべっているか見えなくても声で分かった。母のアクリルの上着はタンスの匂い、林檎、ナツメヤシ、イチジク、それと常備してある石鹸の匂いが全部混じっていた。匂いが染みついた裏地をクンクンと嗅いでいると、「何してるのよ!」と急に強い調子で訊くので、「何もしてないよ、母さん」と答える。母は外出用のスカートを二着もっていた。青でも黒でもないくすんだ色で手触りのざらざらしたひだ無しのポリエステルのものと、紺と白の格子柄でウール混のプリーツのもの。こちらは生地がもっとやわらかくて、数年前、まだ三人しか子どもがいないときに働いていたフランス人の家の奥さんからもらったものだ、五人目が生まれたときにお手伝いの仕事をやめた。疲れきって帰宅すると何もかもうまくいかない。皿によそったものを子どもたちが食べなかったり、服を汚したり、寝小便をしたとき、そんなときはぶったりもした。手伝い先の奥さんと背丈がおなじくらいだったので、奥さんはもう着ない服を、着古したからではなく、「もうこれは着ないから」と言って母に差し出した。そんなふうに、形のよいしっかりした自分の服と子どもの服を何着も手に入れた。モノプリ〔代表的なスーパー〕や露店で山積みになっている新品のものよりよっぽど質がよかった。そんな服は、裁断も縫製もいい加減で着せたら三カ月しかもたず、破けるし穴はあくし……学校へ行くときには子どもたちの服装に気をつけた。朝は必ず服をチェックしてから送り出した。チビたちを上の子にまかせておいたら、汚れていても洗ったものでも、破けてほころんでいたりしてもかまわず何を着せるか分からない。子どもは十一歳か十二歳ごろまでは何も気にせず、出されたものを着るだけだ。けれど年頃になると何を着るか気にし始めて、長男のモハメドはシャツやTシャツを毎日替えている。おまえの召使でも世話係でもないと母親は叫んで愚痴ったことがあった。「自分で何でもやるようにするよ」とモハメドは答えた。実際どうしたことか、モハメドの着た下着を母親は全部洗うことはなく、それでも息子はいつも清潔で、ジーンズもきれいなものをはいていた。その下のムルードはと言うと、ファッションに執心する若者特有の洒落っ気とはまだ無縁だった。

　辻公園の母の友だちにはみな、夫と息子がいた。ダリラは母の暖かい腰回りにぴったりくっついて、その肌触りはスカートによってやわらかだったりざらついていたが、話は何でも聞いていた。女たちはダリラがいることを忘れ、おかまいなしに何でもしゃべった。女どうしの内輪話になると、それは秘密の堕胎、夫の不能、不倫、初夜が失敗したかうまくいったか、嫉妬とそれを解決する魔術など……女たちはアラビア語でしゃべっていて、急にしゃべり方が早くなり、女たち全員が分かるフランス語を混ぜなくなったので、ダリラは聞いてはいけない話なのだということが分かった。話が盛りあがっているとき突然、母は「ほら、あっちで遊んでなさい、ねっ」とダリラを追い払うことがよくあった。そのまま黙ったままでいると女たちも忘れてしまう。「ほら、あっちで遊んでなさい」と母は繰り返す。それからダリラのことも忘れて、いったんやめた噂話をまた続ける。話の輪をつくっているのは近所のシテに住む北アフリカから来た女たちだった。それぞれが持ち寄る噂話はしばしば食い違い、あらたなネタが入ると話は延々続き、家に戻るよう子どもたちを呼びにやる時間まで続いた。女たちが公園の一角を占め、それに子どもたちはとても多かったから、元々そこに集まっていたフランス人、ポルトガル人、それからスペイン人の女たちは次第にその場を離れ、別の場所をみつけてそれぞれ集まった。ベンチや椅子がふさがっているときは立ったまま輪になってしゃべった。横に並んで小径を歩くことはしない。輪になって編み物をしたり、古いセーターの毛糸をほぐしたりしながらおしゃべりした。犬が小便を引っ掛ける汚い砂場も、子どもが叫ぶ滑り台も、大人たちに、ほら見てごらん、と連れていかれる鶏小屋もダリラは好きではなかった。引っ込み思案というわけではない。シテで妹たちが突きとばされたときは、アンティーユの男の子でもポルトガル人の男の子でも、その子を容赦なくやっつけた。あるときは、妹のジャミラを地面に押し倒したアンティーユの子に激怒して、血が出るほど殴ったこともある。少年は泣き叫びながらその場から逃げ出し、ダリラ自身がこわくなるほどだった。ダリラはジャミラといっしょに埃まみれの灌木の茂みの蔭に行き、たまたまあった新聞紙で身を隠し見つからないようにしていた。団地のバルコニーから母親たちが罵り合う。建物のなかにいる女たちは小窓や居間のガラス窓を開け、言葉の乱闘を聞いていた。下の遊歩道から人がいなくなる。子どもたちは怒り狂ったどこかの母親の糾弾の的にならないよう姿をくらます。夏だった。夜が近づいて母親が呼ぶまで、子どもたちが辺りをうろうろしている一日の終りのことだった。外は心地よい。午後になると女たちは椅子を下に降ろして腰かけ、おしゃべりをしたり縫い物や編み物をしたり、遊ぶチビたちを見張っている。ほとんど郷《くに》の中庭とおなじだ。団地の下の一角はそれぞれ、車が入ることができない保護された中庭のようになっている。女たちは静かだ。息子たちは十四、五歳になればもうシテにはいない。どこに行くのだろうと思ったりもする。けれど結局何も訊ねたりしない。

その日、ダリラと妹はシテの女たちが繰り広げる人種の罵り合いに出くわすことになる。それは殴り合いよりはるかに恐ろしいものだった。子どもたちは容赦ない取っ組み合いの喧嘩はするが、罵り合いはあまりしない。「ビコ、汚いクロンボ、クルイユ〔「ビコ」と同じくアラブ人の蔑称〕、ゲス野郎、臭いゴミ、売女、淫売……」。女たちが窓から窓へ叫ぶこれらの言葉をダリラはすべて分かってはいないが、とりわけあるフランス人の女と、浅黒い肌ゆえアルジェリア人だとそのフランス人が思い込んでいるマルティニックの女とのあいだで交わされた応酬がすさまじかった。ダリラは自分の母親が窓辺にいるのを見たことがない。あるとき、バルコニーからバルコニーへ投げつけられる罵詈雑言のなかで母親の声が聞こえた気がした。けれど姿は見えなかった。バルコニーに面したガラス張りのドアの隙間から、カーテンの陰から、あるいは手摺に寄りかかったまま女たちは叫ぶ。ダリラの母親だって声をあげて叫ぶ、それは知っていた。どうにも我慢ならないとき、母親はアラビア語で悪しざまに言う、しかしバルコニーに面したところでそんなことをしたり、フランス語で怒鳴ったりしたらダリラは耐えられなかっただろう。夕方、耳にした自分には分からない言葉の意味を母に訊くと、指を口の前にあてて、「おだまり、そんなことは口にしちゃだめ」ときつい口調で言った。ダリラはしつこく訊いたが教えてくれなかった。最後にはこう言ってみた。「モハメドかムルードに訊いてみる。きっと知っているから教えてくれるわ」。すると、ダリラをぶつことなどない母親は怒りにまかせて平手打ちをくらわせた。ダリラは泣いた。それほど痛くはないはずのたった一回の平手打ちに、少し大袈裟に泣いてみせた。母親は、すすり泣きのあいだにしゃくり上げながら娘がこう言うのを聞いた。「じゃあ、それじゃあ、ビコとか、ラトンとか、クルイユって言葉は全部、わたしたちのことよね。それにブーニュール〔アラブ人の蔑称〕

ってのも聞こえたけど、それもわたしたちのことね。でもどうして、どうしてそんなふうに呼ぶのよ、私たちはあの人たちに何も言ってないじゃないの、何もしてないのに、どうして」。侮蔑的な呼び方を口にするたび、涙は倍になってあふれた。小さな娘のダリラは訴えるようにこぶしで目を押さえつけて、何度も何度も蔑みの呼称を繰り返した。母親は思わず平手打ちしたことを後悔した。泣きやまないダリラの悲しみはよく分かる。ひざまずくと、踝まで届く部屋着の下にはいたゆったりした木綿の花模様をした家ではくギャザースカートが微かな音をたてた。ダリラを抱きかかえても、胸に顔をつけたまま泣きやまず、母親が家で着る、柔らかで光沢のある木綿のアラブ風部屋着の胸元をぬらし、涙は豊満な胸の谷間をつたって流れていった。「娘よ、かわいいわたしの娘、愛する娘よ、もう泣かないで、ちゃんと教えてあげられるときがくるから、おまえが分かるようになったらね。いい子になって、母さんはちゃんとここにいる、おまえの母さんはわたし、おまえを守るためにいる、ほら、母さんがしっかり守ってる、この腕のなかに、いちばん小さな赤ん坊のチビみたいに抱いてあげるわ、娘よ、小さなかわいいわたしの娘よ」……母親はずっとなぐさめ続け、最後は一番下のカーデルに毎晩歌って寝かしつけるカビリーの子守歌になったが、ダリラにはいつだってその歌詞がすべて分かることはなかった。ダリラは泣きやんでいても母親はずっと歌い続け、その左手はぎゅっと身を寄せてくるダリラの髪をやさしく撫でていた。部屋着の裾で頬っぺたや目についた涙を拭いてやり、自分の胸の谷間についた涎もぬぐい、娘を抱きしめ、力強く吸う音のする若い母親の熱いキスをした。ダリラはまだ、微かにぜいぜいいう獣のような荒い息をしていた。それからしばらくしてやっと落ち着いて、母親は牛乳を温めダリラが言う「四時《おやつ》」にするのだが、これは学校の子どもたちの言い方で、彼らは学校に残って食堂でおやつを食べ、六時半まで託児室にいるのだった。「もしあんな言葉をちょっとでも聞いたら、ぶん殴ってやる……年上の子にだって……ムルードに柔道を教えてもらうわ。街の体育館じゃ一番強いんだから」。母親は言った、「そんなことで殴り合いするの、おまえはまだ小さいじゃないの」。「そう、殴るのよ……相手が死ぬまで……」。母親は笑い出した。闘志みなぎる我が娘を再び抱きしめ、それから温かいココアと子どもたちみんなが大好きだから作っておいたアルジェリアのガレットをダリラに出した。翌日、辻公園で女たちはその時々の揉め事を大いにしゃべるのだが、盗難、警察のガサ入れ、火事、地下室のレイプ、差し押さえ、不良グループの抗争とその落とし前、ときには検挙や逮捕など、異なる日にブロック内で起きたことをしょっちゅうごたまぜにして話すのだった。それぞれの揉め事には、北アフリカ人、黒人、ポルトガル人を侮蔑する罵詈雑言を浴びせながらなされる暴力がつきものだった。ある場面をしゃべってみせる女の声が小さければ、ほかの女がもっと大きい声で些細なことも洩らさず、アラビア語かフランス語で罵りの言葉をそっくりそのまま再現してみせる。話には尾ひれがついてかなり大袈裟になるから、ダリラは最後まで聞くと訳が分からなくなって、本当に起きたことなのか疑わしくなったりもした。みんながあれこれしゃべり終わって少し静かになったとき、ダリラの母親は前日の出来事、とりわけ娘が涙をぼろぼろ流して泣いたことを話した。女たちは黙って神妙に聞き入り、そのさまにダリラはちょっと驚いた。母親の話に心動かされて体が震え、すぐそばで震えているのが母親も分かったので、「寒くない？　気分が悪いの？」と訊くくらいだった。「ううん、母さん」。ファティマは中断した話の続きに戻った。注意深く聞き入る女たちに母親が話しているのをダリラは聞いていた。娘の名前を何度となく口にし、その日の午後遅くにあった事の顛末を報告していた。ダリラがアンティーユの男の子を殴り、その後のいざこざのもとになっているのは自分の娘だということをファティマは知らずにいた。ダリラは絶対言わない。話の山場、そもそも山場などなかったが、母娘の口論のあとに起きた一部始終を、取るに足らない単なる世間話ではなく、仲間に報せるべき大事な話として何度も繰り返し淡々と話して聞かせた。女たちは、「かわいそうに《メスキーナ》」とか、気の毒な娘……不運な子……哀れな女の子など、アラビア語とフランス語で驚きと嘆きの合いの手を入れた。そのなかの一人で、無料診療所にいる移民専門カウンセラーにしょっちゅう面談に行く女が言った。「そりゃトラウマになるわよ」。ダリラはその意味が分からなかったが、ほかの女たちと母親は小むずかしいその言葉の意味は大体分かったつもりで、言葉の本当の意味など気にもせず母親は話を続け、女たちはファティマの語るダリラを気高く尊い主人公のように感じ、郷を離れた異国暮らしでも自分たちの誇りと自尊心は失われないことを示す格好の例だと心に留め話に聞き入ったが、ファティマが最後の場面、ダリラの決意を話し出すと女たちは笑って、アフリカの雌虎みたい、意固地になって猛々しく相手を倒す柔道家ね、ダリラは、と言うのだった。女の子は柔道なんて習わない、少なくとも彼女たちの娘たちは。体育館の柔道教室に通いたいと父親に言う娘たちもいた。母親はよくても父親は必ずだめだと言った。大胆不敵で蓮っ葉なある娘は、団地棟の下で仲間の男の子や兄弟から習っていた。冬、女の子はズボンをはいている。それはいい、けれど夏はスカートだ……。娘たちが体を露出しないよう見張らなければならない。分からせるために娘をぶった、とある母親は言っていた。ある日仕事から少し早めに父親が戻ると、娘が男の子とつかみあって技を練習していた。外は暑かった。娘は短いスカートをはいていて、相手が急に攻撃を仕掛けるとスカートのことは忘れて腿をあらわにして守りの体勢を取った。そのとき、スカートが尻の上で反り返ってパンツが見えた。娘はそれを気にもかけず、相手との勝負に、格闘技の手ほどきを受けるのに夢中だった。父親が娘に気づいた。三分間、組み合いを見ていたが娘は気づかず、帰宅した父親は怒り心頭に発した。「あれが外でガキどもと何しているか見たか?」。「え、何のこと?」。「太腿や下着をあらわにするのはいいことだと思うか? もう家から出さないか、ズボンをはかせるかだ」。「でも夏じゃないの、暑いでしょう」。「そんなのどうでもいい。連中といっしょにいるのをまた見たら……ただじゃおかないぞ」

その娘は母親が用意した服を決して着なかった。意地っ張りで我が強く、自分でスカートかズボンを選んだ。父親が言ったことと脅しを娘に知らせた。まったく相手にしなかった。七月のある朝遅い時間、母親はマルシェからの帰り、取っ組み合いに夢中になっている娘を遠目に見つけた。あの白と赤の格子柄の綿スカートは、縫製所で働く母親の姉が娘たちのために仕事場から持ってきてくれた布を使って自分が縫ったものだ。年に一度か二度、姉の仕事場の主人は従業員に好きな端布をくれた。母親は娘たちには、色のついた下着のパンツをモノプリがセールのときに買っていた。その日、その娘は赤いパンツをはいていた。道が交差する地点でもう、その下着の色から、息子とその友だちと柔道をしているのは自分の娘だと分かった。そのとき思った、「もし父親があれを見たらどうなるか」。通りがけに娘を呼び、家に戻ってくるようにと言った。かれこれ小一時間経ってようやく、汗びっしょりで息を切らし、勝ち誇ったさまで母親のいる台所に戻ってきた。兄の友だちのファリードに勝ったのだ。母親は毎週マルシェで買うジャガイモ、パスタ、米、バナナ、玉ねぎを選り分けて貯っているところだった。娘が口を開く間もなく母親は娘の方へ行き、頭、顔、背中と手当り次第にぶった。娘の叫び声を聞いて、ぶつ手を止めた。

話をそこまで聞いて、ダリラは母の平手打ち、自分が流した涙、悔やんだ母がキスの雨を浴びせたことを思い出した。ファティマの腰にさらに強く頭をもたせかけ、話の続きを聞いた。ときどき、母が小さな子どもやペットの動物にするように自分の頬を撫でるのが分かったが、たぶん、ちゃんと離れずにいるか確かめるためにそれをしているのだろう。母の友だちは話を続けた。

「わたしは手を止めたわ……狂ったみたいにぶったのよ。ほんとにどうしてあんなことしたんだろう。娘は鼻血を出していたわ。叫んで、血がわたしの手にもついてたの……それで止めたわ。殺すところだった……言うことを絶対聞かない娘よ。男の子たちといっしょにいて外で下着を見せるのをやめなければ、父親が家から出さないようにするってわかってもらいたいのよ。わたしがそう言っても無駄、聞く耳なんてもたない……自分がいいと思ったことしかしないのよ。とんでもないことになるって言うんだけど……フフンって笑うだけ。何でもかんでもばかにして。まったく手に負えないわ。口もきかないのよ。ほんとにどうしたらいいか。だから、力まかせにぶっちゃったんだわ、堪忍袋の尾が切れて。みんな大嫌いって娘が言ってた。自分の娘なのに。ほんとにわたしの娘なのってときどき思うの……」。話を追いながらファティマは、娘の頭や頬をぶったときのその手の強さ、ぶったときの昂りや不安を想像した。自分もダリラや娘たちにそんなことをするだろうか、ダリラを平手打ちしたことがふと頭によぎり、娘の肩に手をのせて許しを乞うようにやさしく抱きしめた。けれどダリラはもう、自分をぶった母を悪く思っていなかった。女たちに囲まれて話を続けるその母親は、なおも話し続け止めることを知らない。みんなじっと聞き入り、母親は語り、最後は怒りにまかせて娘を殴打するところに行きつくのだった。

「怖かったわ。血が出てるんだから。鼻だけからかどうか分からなかったんだから。頭からも出てたとしたら……指輪や腕輪をつけていたら場合によっては大ごとよ。重たい銀の腕輪をつけてたのを忘れてたの、朝市場に行ったから。こめかみや額に当たってたら……顔が傷ものになったら……ああ、わたしの娘よ。ぶって、ぶって、ぶつのをやめたら体が震えだして、うめき声を出してたわ。娘は叫び声はあげたけれど泣いてはいなかった。わたしはひざまずいて両手で頭をかかえ、泣き始めた。娘は突っ立ったまま。わたしが起き上がると、わたしをじっと見て、涙なんて一滴も出てないのよ。《そっちが泣いてるのね》って。わたしは言った。《娘よ、痛かったかい。見せて、血が出てるじゃない……そんなつもりじゃなかったのよ、いいから見せて……わたしはあなたの母親だから、触らせて、せめて見せるだけでも、手当させて……そうしなくちゃ》。血が出ている娘の顔に手を差しのべたら、顔をそむけて、わたしのことほんとに嫌いなのね。娘が言ったわ。《泣いたらいいじゃない、ほら……わたしには触らないでよ》。台所のタイル床に血がぽたぽた落ちて。娘は立ったまま。近づかなかったわ。血が出ているのは鼻だけだったのがわかって、ほっとしたわよ。雑巾を湿らせて床に落ちた血を拭いて。洗面所で娘が泣きながら顔の血を洗い流しているのが聞こえたの。ひと月、わたしと口をきかなかったわね。夫にも娘にも、わたしは何も言わなかった。夫は顔のあざには気づかなかったわ、肩のもね。ずっと長袖のシャツを着ていたから、暑かったのに。それに、上の子たちのチョッキを着て部屋のタンスの大きな鏡に映して面白がってたけど、今じゃもうしないしね。娘が柔道を続けるかは分からない、団地の下で男の子といっしょにいるのはあれから見てないし。たぶん、シテの奥の空き地に行くんだろうけど、あっちへはわたしは行かないし夫も行かないから。どこに行くか娘は一言も言わない。だから何も分からないのよ。学校の先生に娘が休むことはあるかって聞いてみたのよ。それはないって。娘は頭はいいけど、勉強はしたりしなかったりでむらがあるって。学校ではおとなしくしてる。誰にも文句は言われない。コレージュの免状は取れるだろうって担任の先生は言うのよ。それができたら、何か仕事を覚える学校に行ってほしいけど。本やノート、そのほか学校で必要なものは夫に頼んでるわ。奨学金もあるのよ。だから、しっかり勉強しろって言うの、そうしなかったら奨学金は取りあげるって言ったの。そしたら部屋のドアをバーンって閉めて、中で本を読んでるんだか勉強してるんだか、いつも何してるか分からない」。ダリラの母親はその友だちに、よく娘をぶつのか訊いてみた。「ぶたなきゃ言うことを聞かないのよ。家ではわたしたちにも兄弟たちにも、いつも《いやよ》、《だめだわ》って言うんだから。買物を手伝ってってわたしが言ってもおなじね。マルシェもスーパーもだめ、牛乳一リットルだって、パン一つだって……買ってきやしない。わたしが話しかけても返事もしない。何週間も口をきかないで家にいることもあるわ。あの子、意地っ張りなんだから。父親ともほとんどなんだけど、話はするわ。父親のほうが好きなのよ。ときどき夜、目が覚めるとそれを考えたりするの。娘はわたしのこと好きじゃないって。一度そう言われたことがあった。下の娘《こ》を辻公園に連れて行ってと娘に頼んだことがあった。夏だったわ。その頃、ビル清掃の仕事をしていたの。子どもは放ったらかしだった。すごく働いて、夜までずっと働いても稼ぎは少なかった。わたしが働くのを夫は嫌がってたわ。夜、ビル清掃する女はよくない、ふしだらだって。言うとおりよ。一度おなじグループで夜勤の女の人がレイプされたのよ。ラ・デファンス〔パリ西の副都心地域〕よ。ポルトガル人ばかりのグループで、わたしだけがアルジェリア人。しゃべる言葉がちがうから。仕事中、わたし以外はしゃべってた、いつも世間話をして笑ってた。何も分からなくて退屈のなんの。《どうしてポルトガル語ばかりしゃべるの？》って聞いたら、ほかの言葉は知らないって。仕事場にもう一人、シテのアルジェリア人がいたら辞めなかったのに。でもそこはもう……辞めたの。うちの娘は辻公園に妹を連れて行くのがいやだって言うの、娘の言い方だとクソみたいって。わたしにはそんな口きくけど、父親にはしないわ。娘はこう言ったのよ。《クソガキどもを見張ってるイケてないババアなんかがいる辻公園はサイテー。チビのジャリラがフランス人の子どものスコップだかバケツだか取りあげたら大変、母親が怒り狂ったのよ。ジャリラを怒鳴りつけて、それで大泣き。「おもちゃを返しなさい。あんたのじゃないわよね、このちびの盗人！」。それから自分の仲間のほうを向いて、「アラブ人は子どもを産んで産みっぱなし、放ったらかし。うちの子のものをかっさらっていくのよ。だめだって教えてあげなきゃ、あいつらは寄生虫、ネズミとおなじ、一匹いたら十匹いる！」。その女はまだ続けていたわ。わたしが分からないと思ってたのね。こう言ってやったわ。「このクソババア」。そしたら、「なにぃーっ！」……それでずらかったわ。今にも殴られそうだったから。すごい勢い。わたしたちみたいにHLMに住んでる女よ。フランス人だから何してもいいって思ってるのよ……辻公園には行きたくない、行かないからね》。それで、辻公園の別の場所に行けばいいじゃないって娘に言ったわ。ジャリラはほかの女たちがいつも子どもを連れてやってくる砂場で遊びたがるんだって答えた。砂場の近くに座ってジャリラを見てろと言っても、別の場所に連れて行こうとするとチビは泣き出すし、フランス女のババアの揉め事が始まるからね、とも言ったわ。娘は何でもやらかす……娘とチビが警察署にいたのを見たことがあるの。あれは絶対そうだわ。ジャリラを公園に連れて行かないのよ。一人でシテのどこか知らないところに散歩に行ってしまうのよ。夕方、戻ってきたとき口論になったわ。自分勝手で怠け者だって言ってやった。ずっとこのままなら父親に言いつけるよ、アルジェリアに帰して、もう戻ってこれないって。わがままを続けるならあっちへ行きなさい、たたき直してくれるわ、言われたとおりにするしかないからね。お父さんともう話してあるんだから。娘は怒鳴り始めて、《絶対いや。アルジェリアなんて行かない、逃げ出すわ。あんなところ、行きたくない。知らない人ばかり。絶対あんな国で暮らさない、わたしの国じゃないもの。あそこに送って牢屋に閉じ込めるのね。絶対いや、絶対》。わめいて叫んで、絶対行かないって繰り返して止まらなかった。ヒステリーの発作でも起きたかと思ったほどだったわ。水の入った桶を手にもっていたから、咄嗟に水を娘の顔にかけたの、そしたらおとなしくなった。でも、そのとき娘が言ったの。《あんたなんてきらい、わたしの母親なんてきらい、あんたなんて、好きだったことなんか一度もないから、あんたはわたしの母親なんかじゃない》。その日、わたしは泣いたわ。娘がそんなこと言ったのははじめてだった。よく口論になって、娘をぶたずにいられなかったのは本当で、我慢できなかったのよ。ぶったあと後悔して、でもそれを娘に言うことはなかった。どこかへ行っちゃうか部屋にこもるか。娘をぶってることを夫は知らない。夫は子どもをぶったりしない、わたしがやるの。すごいわよ、ぶってぶって、急に気がふれたみたいになっちゃうの。夫は知らない。倉庫係をしてるの。家にいるのは日曜だけ。一人でパリに出かけないときは家族をビュット＝ショーモン〔パリ十九区の大きな公園〕に連れて行ってくれる。アルジェリアの同郷者が集まって座っておしゃべりするの。子どもたちはあちこち駆け回って。でもお利口にしてるわ。公園のなかはよく知ってるし。迷子なんかにならない。一斉に駆け出して、大きい子たちがチビたちの面倒をみるから大丈夫。学校が休みになると、子どもはみんな家のなかにいる。退屈してぐたぐたして男の子は悪さをする……いらついて、それで手が出ちゃうのよ。そう、わたしが一番ぶつのはあの娘ね。どうして他の子じゃないかって？　まともに口答えするからよ。ほかの子は私がぶちキレると家から出て行くか、家のなかでも別のところに行ってもうわたしと話したりしないわ。でも娘はね、わたしに突っかかってきて……何か言わなきゃ気がすまない。厚いスカーフで猿ぐつわを噛ませるわよって言ったこともある。そしたら《どうぞ、いつでもやってみたら》って。外せないように手もしばるって言ったわ。そしたらせせら笑ったわ。実際に子どもに猿ぐつわをした母親を何人も知ってる。娘にはそう言って脅しただけ、縛ったり猿ぐつわしたりしてないわよ。娘もだいぶ大きくなったから、もうできないけどね……」

この母親はまだ話し続けていた。友だちの一人、無料診療所でよくカウンセリングを受ける女が、自分のカウンセラーに会って話してみたらと話をさえぎった。話を聞いてもらったらとても楽になったと言う。娘をぶっている母親はその女を不意の手ぶりで制して、「わたしはそんな人たちには絶対会わない、絶対。社会保護士のところでいろいろ調べられて、それからシスターだか司祭だかと面会して……家にそんなのが来るのはいや……そのあとは警察……いやよ。それに、子どもを取りあげられちゃう。うちの娘は、どんなに口喧嘩しても、どんなにぶっても、やっぱりうちの娘だもの。わたしから取りあげて知らないところ、よその田舎の家とか、フランス人の家とかに連れて行かれちゃう……そんなことされるのよ。ビュット＝ショーモンでアルジェリアの村《ドゥアール》に住んでた女《ひと》と話したんだけど、五年前、旦那さんが彼女と子どもを呼び寄せて、パリ郊外に住んでたの。ラ・クールヌーヴの前は四年間、オーベルヴィリエ。深夜まで開いている食料品屋を営んでいる旦那さんをちょっと手伝っていたんだって。一家の住まいは店の奥の部屋で、二部屋の暗い部屋よ。

二歳から八歳まで、子どもはすでに四人。それに妊娠中。夫は妻がピルを飲むのを嫌がりました。妻はフランス語が分からず、知りあいもなく、外に出ることはありませんでした。半年のあいだ店の奥の部屋から出たことはなかったのです。しまいには、いっしょにいる子どもをぶちはじめました。三歳半の男の子が左腕を骨折して病院に連れていかれました。はじめ、妻と夫、二人いっしょに事情を聞かれて妻は否定しましたが、それから病院つきの通訳が妻に質問すると本当のことを言いました。坊やが家に戻って数日たつと、社会保護士の女性が会いに来ました。保護士はアラビア語を話しません。夫は通訳する暇がありませんでした。日に十二時間以上、店で働いていたのですから。保護士は妻の手伝いもしましたが役立たずでした。妻がどうにか片づけたマットや布団類が山積みの二つの部屋で、この外国女は単なるじゃま者でしかありません。次に事件が起きるまで、二人はもう顔をあわせませんでした。息子が、前とおなじ男の子が、また病院に、おなじ診察科に連れて行かれました。今度は医師が届けを出して、裁判所は取り調べを命じたのです。妻は説明しようとも弁解しようともしませんでした。夫は妻を責めるでもなくかばうでもなく、大家族でオーベルヴィリエで暮らすのはきつい、と判事に言いました。妻と子どもをアルジェリアに帰国させてはと判事は提案しました。夫は拒みました。判事は言いました、《またおなじことが起きたら、お子さんを他所に連れていかなくてはなりませんよ》と。夫が妻に通訳しました。妻は理解できませんでした。どうして判事さんは子どもを母親から取りあげようとするの？　自分の村では叔母や叔父、祖母に子どもを預けて、おなじ村か近くの村で育ててもらえる。子は親に会いたいときにいつでも会えるし、母親から子どもを取りあげるなんてありっこない。ここフランスでは判事さんが息子を連れて行くなら誰に預けるの、うちから近いところ？　判事は夫に長々と説明せねばならず、フランスの法律で決まっていて、またおなじことが起こらないようにしなければならないと言いました。夫は《分かりました》と言って打ちひしがれておびえている妻といっしょに建物を出ましたが、帰路のあいだずっと判事が言ったことを説明し、子どもの保護について分からせようとしました。夫の言うことが信用できないまま、妻は家まで黙ったままでした。

ムスタファは寝小便をしました。昼寝の時にマットが濡れないようにしてもだめだったし、夜にはマットの外にもする始末。台所兼浴室の狭くるしい部屋の小さな流しでは洗濯もままなりません。洗濯物は乾かず、シーツや下着はたまるいっぽうでいやな臭いがしました。コインランドリーに行くお金もなく、夫は小銭をくれましたが足りません。コインランドリーは高すぎました。どれだけ辛抱しているか、夫には話したくありませんでした。夜、夫は店頭の野菜や果物が入った木箱を店の中に入れて片づけ、翌日の準備をすっかり終えてからシャッターを閉めると、テーブルの隅でさっと食事をすませるのが精一杯でした。それからすぐ眠ってしまい、妻を抱き寄せることがあっても言葉をかけることはありませんでした。

社会保護士の女性がまたやって来ました。保護士の助けなど必要ないと妻は相手に分からせてやりました。いつやって来るか大体分かっていて、二部屋の住まいをそのためにしっかり片づけておきました。汚れた衣類の山を隠し、食器を洗って流しをきれいにして、テーブルもしっかり拭きました。保護士がやってきたとき、子どもたちは黒い合成皮革の古臭いソファーのそばに敷いたござの上で遊んでいました。子守りと家事を補助するつもりだった保護士は何もすることがありませんでした。何の役にも立たなかったのです。またじきに来るからと約束して帰って行きました。保護士が作成した報告書はもっともなものでした。店の奥の部屋の狭さを指摘し、もっと広いＦ４〔台所、浴室を除いて四室あるアパルトマン〕を申請してくれたのです。妻は返事を待っていました。保護士が訪ねてくるのが分かっていて、エヴィアンの段ボール箱に投げ入れたムスタファのおしっこ臭いシーツや衣類が溢れているときは汚れ物をぎゅうぎゅう詰め込み、アンモニア臭がひどいときには流しの上の棚から、一家全員で唯一外出してバルベス＝ロシュシュアール〔地下鉄駅。パリ十八区アラブ人街の中心地〕へ行った日に買ったオーデコロンの小瓶を取り出しました。妻はメトロに乗るのは初めてでした。子どもたちと妻は一番下の子を抱きかかえたアリにしがみついていました。土曜のバルベスはシャペル大通りが人でごった返して妻は息が詰まりそうでした、騒音もものすごかったのです。子どものうち誰かがはぐれてしまわないかと、ずっと気が気ではありませんでした。バザール・ド・ベルクール〔バルベスの商業施設〕で、この琥珀色のオーデコロン《モン・サン＝ミシェル》の四角い瓶を買ってと妻は夫に言ってみました。匂いを嗅いで気に入ったのです。夫は瓶といっしょに、ポンペイアのヘアクリームと《グリーンレモンのフレッシュな香り》と銘打った《ファー》〔石鹸メーカー、ブランド名〕の得用の石鹸を一箱買いました。社会保護士は彼らが住む二部屋を訪問する前に必ずアリの店に立ち寄りました。家のなかは寒いです。奥の部屋は暖房もありませんでした。保護士の女性がアリに挨拶をして、それにアリが応えるのが聞こえました。いつも少し時間をとって、他の店ではなくここで買えるものはないかと店内を見わたすのです。《そうだ、アニスのパンと黒オリーブを量り売りでもらおう》

その間、妻には手を打つ余裕がありました。モン・サン＝ミシェルの瓶を手に取って、いやな臭いがする衣類の山の上にコロンを振りかけました。子どもたちは眠っていました。妻はテレビの前に座って編み物をしていました。社会保護士は開いたドアをノックすると同時に入ってきて、《いい匂いね、この家は……お出かけするの?》と言いました。子どもたちの身繕いのあとにコロンをつけてやると伝えました。そして瓶を見せると、《つけすぎはよくないわ、注意しないと。七十度は子どもには危険、とくに小さい子には》と保護士はフランス語をろくにしゃべれない食料品屋の妻がすっかり分かっているかのように話しました。ほんの少しのあいだテレビの前で立ち止まって、それは動物の番組でしたが、全然進んでいない編み物、それから食器棚のそばにあった何枚かの絵葉書にも目をやりました。《ここにあなたたちが住んでいたの？　アルジェリアかしら？》。妻の姉の子どもの写真には、《向こうには家族はいるの？　帰りたくない？　ここオーベルヴィリエより、郷《くに》のほうがいいわよね？　二年待ってもＦ４には入れないって役所が言ってきたわ、それに……子どもが五人いたら暮らしていけないでしょう……不衛生よ。寒くて暖房もない。郷に帰りたいってご主人に言ってみて。そう伝えてね。お子さんたちと帰りたいって。少なくても向こうはいい気候でしょ。ここはいつも冬よ。店の裏は湿気ってるし。子どもは一年中病気になっちゃうわ……》。食料品屋の妻は立ったまま、保護士は部屋のなかを行ったり来たりして、自分に言い聞かせるように話し続けました。何を言っているのか妻には分かりません。アルジェリアのこと、子どもたちのこと、向こうの村にいる家族のことについて話しているのは分かりましたが、けれど何を言いたいのでしょう？　食器棚の上でかなりの場所を占めている何枚ものカラー写真をまだ見ていました。《お子さんたちは向こうにいたほうがきっと幸せよ。ご主人に言ってね。私からも話しておくから》。客の相手をしている夫には何も言わずに保護士は去って行きました。おしゃべりで文句の多い常連客の面々で、夫は辛抱強くその相手をしなくてはなりません。アイシャ、それが妻の名前でしたが、アイシャは落ち着いて温和に客をあしらう夫にいつも感心していました。ときどき、店に通じるガラス張りのドア越しにそっと様子を窺うことがありました。それが妻の唯一の気晴らしだったのです。女性客のお得意さんは妻も覚えてしまいました。午後一時半から四時のあいだ、店が暇になって、昼前に届いた商品を並べる余裕が妻にもあるときには二人でしゃべることもあり、夫よりも注意深く観察している妻は客の一人一人の特徴をああだこうだ言い、それは面白おかしく、しばしば言い得て妙だったので二人はいっしょになって笑ったのです。妻が客の特徴を事細かにあげると夫はそれが誰だか分かり、名前を教えました。すると妻は面白がってそれぞれにあだ名をつけ、夫はそれを使ってその晩や翌日には客の話の続きをしたのでした。妻はどの客もしっかり覚えていました。フランス人、アンティーユ人、モロッコ人、アルジェリア人、チュニジア人、それにアフリカ人。財布やバッグの底に紛れてしまった小銭を探したり、レジの傍らで金を数えたり、ツケにしてくれないかとアラビア語かカビリー語でそっと耳打ちするしぐさをまねてみせました。妻が夫と二人きりになれて、自分の悩み事ではなく、《角っこのアラブ人の店》にやってくる女たちが繰り広げる日頃の光景を話せる、貴重なこのひとときが妻は好きでした。巧みに意地悪く、容赦なく手厳しく盛り込んだ妻の話を夫は待っていました。《もっと話してくれ》と言うと妻は続けます。夫は笑いながら《でも、そのネタどこで仕入れたんだ?》と繰り返します。妻をじっと眺め、こんなときは普段より若くて茶目っ気があると思うのでした。この女が自分の妻で子どもたちの母親であり、うら寂しいこんな店の奥にたどり着いて、外に出ることもなく昼も夜も薄暗く寒いなかで暮らしていることには夫は思いいたりませんでした。けらけら笑って陽気な妻をあらためて見て、食料品屋をたたんでフランスを去り、向こうで持てる雑貨屋はここよりは小さいだろうが、妻と子どもたちを連れてアルジェリアに戻ろうと思いましたが、彼女がここで死んだらとか、彼女のせいで子どもに起こる事故のことなど考えたことはありませんでした。あと二年いるつもりでした。それでだめだったら、妻だけ子どもといっしょに帰って、村の家で自分が戻るのを待ってもらおう。妻は二十五歳でした。こんな店の奥で妻が歳をとって色褪せてゆくのは嫌でした。杏の実のようになめらかな、輝くばかりの顔色をした妻でした。ところがオーベルヴィリエに来てからは、ひからびて虫食いだらけのレモンのような色つや。太って、十八歳のときのひきしまった美しい脚は地面に植わった円柱みたいでした。愚痴などではなく、自嘲気味に妻がそう言ったのです。あなただって、その食料品屋の上っ張りみたいな灰色の顔になって、その背丈で店の低い天井で身をかがめてたら背中にこぶができちゃうわ、と言い足すのでした。夫は三十五歳でした。彼もここに来て五年も経っていません。借金をしてベルヴィル〔十九区と二十区にまたがる移民の多い庶民的界隈〕やパンタン〔十九区に接したパリ北東の郊外の市〕のカフェを買った友人たちのようにはしないつもりでした。もう身動きがとれなかったから。カフェの儲けが出始めます、すると手放せなくなります。何年も前から、店をたたんで郷《くに》に帰るまえに家族を呼び寄せると言っていますが、何も変わりません。彼らは北アフリカ人を客にしっかり働きました。アラブ人カフェです。彼らの誰もが郷に戻ると言っていますが、ずっとそこから動きません、バカンスにも戻らないのですから。

妻の顔色、艶が失せた黒髪、誰も知りあいがいないからハンマームにも行かず、だからヘンナで染めもしない両手を見て、夫は胸がしめつけられ悲しくなりました。《なぜそんなふうに私を見るの？》。夫が熱心に観察するのに怖じ気づいて、妻は笑うのをやめました。《私のこと、これまで見たことないの？》。《いや、でも忘れちまったのさ。おまえはきれいだ》。《きれい？　私が？　からかってるんじゃないの？》。《ちがう、おまえはきれいだとおれは言ってるんだ。こんなところにおまえにいてほしくない。入れるＨＬＭがあるか、ラ・クールヌーヴに行ってみるよ》

そんなわけで彼らはラ・クールヌーヴに越したのですが、夫はオーベルヴィリエの食料品屋を続けました。Ｆ３の団地は前より広くて明るかったけれど、妻は外には出ませんでした」

三歳半の男の子は病院に入ったままなのか、両親が迎えに来て家に戻ったのか、ダリラは知りたかった。ダリラの母親は娘が上着の下でもぞもぞ動くのを感じた。ダリラは話している女のほうに顔をあげた。「それでムスタファは？」と三回も繰り返さねばならなかった。「それでムスタファは？」。話す女にも聞こえ、すこし話すのをやめて、ファティマの上着の下に女の子がいるのをすっかり忘れていたので、はじめて気づいたかのようにダリラを見た。「ああ！　そうだわ！　ムスタファは……ノルマンディーで暮らしているわよ、里親のフランス人の家でね。そこに預けられたのよ……」。「何ですって？」（と言ったのはダリラの母親だった）。「預けられたですって？　どういうこと？」。母親は腰でダリラをついて、遠くにいって子どもたちと遊ぶようにしむけた。けれど、ダリラは母親にひっついたままだった。あっちへ行ってと腰で二回ついたが、ダリラは頑固に居座った。またもや女たちは小さなダリラのことを忘れ、娘をぶった女の話の続きが始まった。

「オーベルヴィリエを離れる前のこと、一家が暮らしているF3を夫が探しているあいだ、ある冬の午後、妻はまたしてもムスタファをぶちました。殺してしまったと動転するぐらい激しくぶったのです。坊やは病気でした。熱があったので、幼稚園は二日だけ早く親元に戻したのです。病気の子どもは預かれません。体中に吹き出物が出ていました。妻は翌日、夫といっしょに坊やを無料診療所に連れて行きました。二カ月前には女の子を出産したばかりで、この子は託児所にまだ入れませんでした。半年待たなくてはなりません。ムスタファの妹は保育園に行きたがらないことがしょっちゅうありました。二歳でした。保育園がこわかったのです。園児も先生も、母親が話すのとはちがう言葉を話していて何がなんだか分からなかったのです。食料品屋の妻は、上の子どもたちが幼稚園や学校に出かけると、保育園に行きたくないとぐずる娘をなだめなくてはならず、赤ん坊はおっぱいがほしいと泣き出し、夫婦のベッドに寝かされた病気のムスタファは悲しげにうめき声をあげ、そのすぐそばには幌なしの古い乳母車が置かれ、そのなかで赤ん坊が力一杯に泣き声をあげていました。夫は客に家庭や子どものことを訊かれるのが好きではありませんでした。店の奥から子どもの泣き声が聞こえると、女性の客は必ず何か質問をしてきて、そうされれば夫も信用を失いたくないので答えざるを得ません。客の助言には苛立ちましたが何も言いませんでした。相手の言い分を聞くふりをしながら手早く上手に客をあしらって、どんなおしゃべり好きの客の突っ込みもうまくかわしていました。用事がちゃんとすんだなら、小さな食料品屋に長居する理由などありません。奥さんがして欲しいことがあったら何でも言ってね、と言いながら客は店を出て行きます。どの客も何か親切にしてあげたかったのです……《ええ、もちろん……

ありがとうございます》と夫は言いました。そして、上の子たちが学校や幼稚園、下の子たちが昼寝して、店で夫婦二人だけになった午後に妻が面白がって客について言ったことを思い出したりしたのです。夫は思い出し笑いをしました。妻のいたずらっぽい目つき、暗くて湿気た店のなかでは紫色に見える、そのふっくらした唇を思い出しました。妻の唇は本当は赤く、薔薇よりも柘榴に近い、濃くて深い赤色をしていました。夜、夫婦のベッドのなかで、最後に妻に口づけしたのはいつだったでしょう？　午後、店で二人きりになる時間が少しあって、作業しながらおしゃべりするあいだ、夫はいきなり手を止めて妻を抱きしめ、笑いながら話して開いた妻の口を自分の口でふさいで、むさぼるように口づけすることがありました。妻は拒むようなふりをしましたが、夫はもっと強く抱きしめ、そしてずっと抱きあっていました。夫は蜜柑を食べたばかりで、妻はナツメヤシの種をまだ口のなかでころがしていました。《種があるから……出さなきゃ》と妻は言いました。種を吐き出すのを待って、すぐに夫は彼女を抱きしめ、妻はその激しさに驚きながらも、寒くて靄《もや》がかかった冬に灰色の作業服を着た夫は前ほどではなかったにしても、夫もまた若く美しかったのだと思い出したのです。店に来る女性の客をガラス戸越しに覗き見ると、客は途絶えず、夫は熱心に礼儀正しくもおもねることなく応じていました。《私はこの人が好き、でも彼はそれを知らないのよ。それを言うきっかけもないし、なぜ好きなのかしら、それにこの人はなぜ私のことを好きなんだろう》と妻は独りごちました。二十八歳のとき、アリはアイシャと村で結婚しました。アイシャは子どものとき、アリをよく見かけましたが、アリは大きい子たちと連れ立っていました。弟や妹たちが群れてつきまとってくることがなければ、アイシャはおなじ年頃の男の子や女の子と外を駆けまわりました。母親たちは娘が年頃になると家のなかに囲い、それから結婚して妻となり母となる手ほどきをしていったのです。それまではあまり監視されることはありません。だからアイシャも、アリがおなじ年頃の男の子たちとしゃべったり働いたりするのを見ることができたのです。アリが一番のいい男でした。ほかの女の子たちともその話をしました。それぞれ順番に男の子、とくに年上の男の子について、あれやこれや言い立てました。彼女たちは話題にのぼる男たちをちゃんと見ていて、それぞれが一番のお気に入りの男については、顔、髪、目、服、歩き方、声と、見て聞いて分かることは何でも知っていました。彼らにしてみれば、知りあいではないけれどどこの誰だか分かる女の子たちが、これほど突っ込んで自分たちを話題にしているとは思いもかけませんでした。彼女たちはまた、彼らとどこですれちがうか、近くても遠くてもどこで見ることができるか、三十分ちがいで大体分かっていて、いつでもどこでも彼らの後を追って、お目当てが灌漑や刈り入れ、野良仕事で村から何百メートルも離れた場所に行くときには声をかけてはすぐ、誰だか分からないようにすばやく身を隠したりしました。意中の彼が家を出て畑へ行くと分かっているときにはこの機会を逃すまいと、村の斜面で羊の群れを見張っている彼と歳が近い兄たちにしっかりついて行きました。アイシャは八歳でした。アリとは一度も話したことはありませんでした。十年後、アルジェ郊外で食料品屋を営んでいる叔父さんのところで働いていたアリが村に戻ってきて結婚を申し込んだとき、アイシャはアリと初めて言葉を交わしたのです。

アルジェの西、ポワント＝ペスカド〔現ライス＝ハミドゥの植民地時代の呼称〕に行くには、バーブ＝エル＝ウェド〔アルジェ中心地の北西に隣接した古くからの庶民街〕をあとにして、バイネムの森〔アルジェ西側に広がる森林〕を通過せねばなりません。叔父さんの食料品屋は海沿いの街道と直角に交わる街路にありました。店が終わるとアリは海へ水浴びに行きました。住むところは叔父夫婦といっしょ、店の奥です。叔父さんには子どもがいませんでした。叔父さんはフランスに渡って十五年以上になる弟を助けようと、いっしょに働かないかと甥っ子を呼んだのです。弟は北フランスの炭鉱に行き、妻と七人の子どもはずっとアルジェリアに残っていました。弟はバカンスになると定期的にアルジェリアへ帰ってきたのです。一年だけ、試しにこちらへ戻ってきましたが、うまく行きませんでした。神経衰弱になって、フランスに戻ったのです。精神病院に何度か入院してフランスで亡くなったのですが、弟の妻はそれを死後に、郷《くに》まで遺体を移送してくれた仕事仲間から初めて聞きました。弟は北フランスの鉱員用住宅の小さな家にフランス人の女性と住んでいましたが、そのことはアルジェの食料品屋を営む兄の叔父しか知らず、村の誰にも洩らさない秘密とし、弟は家族といっしょ、母親のそばに埋葬してほしいと頼んだのです。フランス女は彼に相当愛着をもっていたようです。子どもを二人作りましたが、彼は認めていませんでした。というのも女が自分の姓を子どもに残しかったからです。でも、名前はアルジェリア式にカリムとアリダ、きれいな名前だと女が選んでつけました。工場で働いていたこのフランス女が、家や子どもも含め、彼の面倒を見ました。鉱員用住宅にずっと住み、夏のバカンスに彼がアルジェリアに戻ると、女はコレーズ〔フランス、中央高地の西側に位置する県〕の家族のところ、葡萄畑とトウモロコシ畑に囲まれた母親の小さな家に行きました。子どもたちは、毎年そこに行くのが楽しみでした。子どもの父親、つまりアリの叔父さんの弟は鉱員用住宅の前に菜園をもっていました。丁寧に手入れをしていたので、住宅の下に見える川のそばの一軒家と菜園を手に入れた仕事仲間が何人も、どうやって造ったらいいかを聞きにきました。みんな、競いあうように菜園造りを始めました。このアルジェリア人のおかげで、日曜大工で作った温室で、パプリカ、茄子、トマト、ミントの葉を収穫できるようになりました。鉱員用住宅全体がすっかり地中海料理の厨房と化し、夏にこの北の地方に訪ねてきた友だちや家族のフランス人は、住宅から出てくる料理の匂いに驚いたものです。知りあいのモロッコ人の鉱員が、この菜園の隅っこに大麻《キフ》を秘密で栽培していました。採れた大麻を乾燥させておく小屋は、葉をたっぷり茂らせる桜の木に隠れて見えませんでした。フランス女は家のすぐ前に生い茂るこの新種の植物については何も知りませんでした。子どもたちの父親は女の目を盗んで、モロッコ人の家で男だけで集まって大麻を吸いました。モロッコ人は独身で一人で暮らしていました。フランス人は絶対呼ばなかったのですが、同郷の仲間を家に呼んで、トランプやチェッカーをしたり、ビールやコーヒー、ミントティーを飲みました。男だけのこの集まりに、フランス女が加わることはありませんでした。

子どもたちの父親が精神病院にいた頃は、女はよく病院に行きました。病気については一切子どもたちに話しませんでした。亡くなる直前、本当にひどい状態になると、女はコレーズの母親に子どもたちを預けました」

ダリラの母親とその友だちは、こうした話を辻公園で日に日を重ねて続くおしゃべりをとおして知った。精神病院の話になると、女たちはごく控えめにだが、ため息をつき、夫がこのフランスで憔悴して鬱になり、人に言えない恥ずべき場所に閉じ込められ、そこに会いに行かねばならないと考えただけで恐ろしくなったのだ。そこで死んでしまったらと想像するとなおさらだった。ダリラはファティマのフラシ天の上着の裾の先をつかみ、左の耳にそれを押し当てた。右耳はざらざらしたポリエステルのくすんだ色のスカートにしっかりくっついて話し声が聞こえないくらいだった。
病院を退院して一週間後に子どもたちの父親が亡くなると、フランス女は泣きに泣いて、遺体は残してくれと知人のアルジェリア人に懇願した。女の村の、家の墓に葬りたかったのだ。それはあまりにも突飛な願いで金も相当かかったが、女の預金通帳には十年間愛していっしょに暮らした男を埋葬するのに十分な残額があった。女はかなり長いこと頼みこんだ。けれどアルジェリアの知人は首を縦にふらなかった。モロッコ人の友人のところで内々の話し合いをして、遺体を郷に送るのを引き受けたのがこの男だった。しっかり請け負ったのだ。手続きをすべて済ませ、変更は一切なしだった。男はフランス女に、翌日には遺体を移送する、と落ち着きはらって伝えた。女は抗議したが、最後は友人の言うとおりにさせた、それが子どもたちの父親の遺志だったからだ。死んでから渡してくれと友人が預かった手紙も読んだ。それを読んで、女はすべてを受け入れた。半年後、女は北フランスの住宅から出て行かねばならなかった。子どもたちを連れて、母親の家に身を寄せた。男はアルジェリアには女を一度も連れて行かなかったのだ。

「弟が死んで、食料品屋はアリに後を継いでもらおうと決めました。店はアリに残しました。甥っ子はしっかり働き、叔父さんは満足でした。土曜の午後と日曜は仕事がなく、仲間たちと海沿いを数キロ行って、金持ちのフランス人が所有する夏の別荘が集まった区域にある有名なクラブ・デ・パン〔アルジェ西の高級リゾート海岸〕の辺りをうろつきました。海には入れたのです。アリと仲間たちは海を泳いで、フランス人の女の子たちのそばで水中から突然姿を現すと、女の子たちが悲鳴をあげるのです。警告が出るまえに姿をくらまし、またしばらくするとおなじことをずっと繰り返して、夜になると松林のなかに隠れて、アルジェの若者たちが見たこともないのにしょっちゅう話題にするフランス人のパーティーを覗き見たのでした。《植民者《コロン》》と呼ばれていた人たちの地区へ闖入したことは叔父さんには黙っていました。戦時中でしたが、これらのパーティーは海沿いの立派な家で開かれました。テラスやベランダはしっかり監視が必要で、庭に出るのは当時のフランス人にとって危険なことでした。大勢で集まって楽しむのに家のなかにしっかり閉じこもらねばならなかったのです。なかで何が起こっているか、アリとその仲間はゆっくり彼らを眺められる場所をちゃんと知っていました。きれいで蓮っ葉な女の子もいました。アリたちは帰り道をたどりながら、海のなかや砂浜で、外から覗き見たパーティーで品定めした女の子のうち誰が誰を選び、一番の美人、一番ぐっとくる子は誰か、ずっと話していました。たまたまおなじ一人の子を何人かがあげて奪い合いになったりもしましたが、たいていうまく収まったのです。

　日曜の午後、アリはトロリーに乗ってアルジェの東部、フサイン・デイの手前で降りて植物園に行きました。エキゾチックな植物、野生の動物を集めたアルジェリアのなかでも名高いこの庭園を一人で散歩するのが好きでした。植物にとても関心があり、できたら植物学者か園芸家、それか農業技師になりたかったのです。けれど、叔父さんは甥っ子の学費を出すことなど考えもしなかったし、アリもまた言い出しませんでした。食料品屋を継ぐのですから……そう思っていました。しかし、アリは食料品屋を継ぎませんでした。ＯＡＳ〔アルジェリア独立阻止を図った極右軍事組織〕が地区の一部を爆破し、店は破壊されてしまったのです。叔父さんと叔母さんは村の家に帰り、アリはいくつか別の食料品屋に雇われて生計を立て、母親に仕送りもしました。二十八歳で村に戻り、アイシャと結婚したのです。アイシャはアリのことを本当はよく知りませんでしたが、ずっと以前から好きでした。アイシャは結婚を承諾しました。男の子が二人生まれてから、アリはフランスに行こうと決めました。オーベルヴィリエで食料品屋をやらないかという申し出を受けて、アイシャも躊躇わずに夫について行きました。

　けれど、店の奥の部屋に閉じこもってフランスで何年か過ごすうち、夫が外出を禁じているのではなく、都会やＨＬＭ、メトロが嫌いなだけで……それらが怖かったので、夫が長いこと自分を愛撫しなかったり、仕事や子どものせいでやさしい言葉をかけるのを忘れてしまうと、すぐさまここから出て行こう、全部捨てて、アリも子どももきっぱり捨てて、向こうに戻るため出て行くんだ、とアイシャはしょっちゅう考えるようになりました。つまり出奔です。でも本気で逃げ出そうとは考えていませんでした、ただ逃げたかったのです。それからどうなるかは分かるでしょう。

　三人の小さな子が泣いて叫んだその日の朝、アイシャが静めようにも静まらない泣き声に夫は苛立ってドアの窓ガラスを叩き、彼女は狂わんばかりになりました。ムスタファは夫婦の大きなベッドで粗相をし、うめきながら立ちあがりました。防水用シーツを入れておくのを忘れたのでベッドはびしょ濡れで、替えのきれいな大きいシーツはもうなかったのです。ムスタファがよちよち歩いて三歩もいかないうち、アイシャはいきなり子どもをつかんで激しく揺すりながら叫びました。《もうたくさん、いい加減にして……こんなところにいたらおかしくなるわ……この子たちがずっといっしょだと……気が狂いそう……おまえは寝小便ばかり……分かってる？　ねえ、分かってるの？》。あまりにも激しく揺さぶったので、ベッドの木枠にムスタファの頭がぶつかって、アイシャが手を放すと坊やは床にすべって気絶しました。恐怖の叫び声を聞いてアリが駆けつけました。店には客はいませんでした。アリは店の灯りを消し、ドアの鍵を閉めました。アイシャはムスタファに覆いかぶさり、小さな娘二人は大泣きし、母親であるアリの妻はうめきながら涙して、このままではまだ生きているかも知れない坊やを窒息させかねませんでした。アリは母親の重たい体からムスタファを静かに離してベッドに寝かせ、濡らしたタオルを取りにいきました。身動きしない息子の額と顔をタオルで濡らしました。赤ん坊はくたびれて眠っていました。小さな妹はベッド脇の小テーブルのそばに座って親指をしゃぶっていました。アリは、憔悴して力の抜けた妻の身を起こしました。椅子に座らせ、こう言いました。《心配するな、おれがやるから。少し眠ったらいい》。坊やの意識はまだ戻りません。アリは坊やを毛布にくるみ、妻をベッドに寝かせて布団をかけ、坊やを抱えて車に向かいました。アリは病院の小児科を知っていたので、ムスタファを診察したことがある医者に診てほしいと頼み、医者が駆けつけます。診察室から医者が再び現れたのは、それから四十五分後のことでした。坊やは助かりました。アリは両手で息子の顔をはさんですすり泣きました。妻に知らせたいのですぐ帰ろうとしました。店には電話がなかったのです。医者は、これからする質問に答えてほしいとアリに言いました。すぐには病院を出られませんでした。坊やを連れて帰ることができませんでした。少なくとも二週間、病院が保護観察下に置くのです。希望すれば、自分も妻も息子に会いに来ることができました。アリは質問に答えました。家で何が起こったかを話しました。妻がほとほと疲れきって、ちょっとした動作が災難になってしまったこと。息子に悪さをするつもりなどなく、子どもの面倒も家事もきっちりやっており申し分ないこと。医者はアリの返答を書き留めながら、この気落ちしたまだ若くて頑健な男をよく見ると、アリは食料品屋の上っ張りを着たままで、フランス内陸の農民によく似た赤銅色の荒っぽい顔つきでしたが、目鼻はすっきり整っていて、黒い目のまなざしは太く豊かな黒い眉毛のせいでおどおどして見えたのです。医者は長いこと、アルジェリアの山奥の病院にいたことがありました。病院に毎日押し寄せる男たちの粗野なふるまい、女たちの辛抱強さを知っていました。田舎《ブレッド》の病気持ちを日々相手するには相当な気力と体力がいるので、もう歳だと思い始めたときパリに戻ってきたのです。カビリー語もアラビア語も診察するには十分に話すことができ、彼が不在のときには通訳が代わりに質問して報告書を書きました。

医者は躊躇っていました。アリは落ち着いています。坊やを診るのはこれで三度目です。頭蓋骨折はないか？　報告書にどう書こうかと考えあぐねていました。父親の意見が欲しかったのです。母親を療養所に送ろうか？　数カ月のあいだ、子どもを里親に預けたほうが父親にはよいのではなかろうか？　どのようにしたらよいか分からなかったのです。ただ、今後の条件が何も変わらなければ、そのまま子どもを母親に戻すことはできませんでした。引っ越すつもりとアリは言いました。新しい住まいが見つかるまで、子どもを里親に預けたほうがよいというのが医者の意見でした。その方向で報告書を書きますね、取り調べの後に判事が最終決定しますから。取り調べという言葉に、アリは顔をあげました。《取り調べ？なぜです？》。《決まりだからね。説明したとおりです。そんなに大袈裟なものじゃない。社会保護士もあなたのことを知っているし、心配しないで》

アリが家に戻ると、妻は泣きはらした目をして膝に娘をのせ、すやすや眠る赤ん坊のそばでアラビア語の子守歌を歌っていました。女の子は相変わらず親指をしゃぶり続け、眠っていないのに目をつぶっていました。落ち着きを取り戻した母親の声を聞き、その膝の上でゆっくり揺すられて静かにしていましたが、ムスタファがおもらしして濡れたベッドで二十分ほど休んで落ち着きを取り戻した母親は、突然起こった母親の発作の拍子にベッド脇の小テーブルの下にもぐりこみ、恐怖で目をまん丸にして涙を出さずにしゃくりあげるこの子に気づいたのです。アイシャはテーブルの下にいる娘を抱き寄せ、目の上や食いしばった口にキスをして、乳母車のそばの椅子に座らせました。ムスタファのことをかんがえる前に、ベッドを乾かそうとシーツを持ちあげると、運よくおねしょの染みは思ったより大きくはありませんでした。美容室の店主をしているアリの客がくれた古いヘアドライヤーで、マットの黄ばんだ部分を乾かすことができました、そこはムスタファがすでに何度も寝小便をした場所で、今回もアイシャはそこに防水用のシーツを敷き忘れたのです。ドライヤーの音がうるさくて赤ちゃんは目を覚ましませんでした。女の子はマットにかがみこむ母親の動作を目で追っていました。もう怖くはありません。母親が家事で忙しいときは、ずっとくっついたままで、そのまま動かずにじっと母親を見ていることがありました。母親とおなじ動作をしたいのではなく、親指をしゃぶって母親を眺めているのが好きだったのです。母親はよく言って聞かせました。《少しは動かなきゃ、私の足元にいたらだめよ、ほら、それをあっちにもって行って……》。女の子は聞いていないようでした。ずっとおなじ場所に座るか立っているかで、母親が動くたびにぶつかっても、強情に椅子かベッドの隅に座りなおすので家事のじゃまになり、母親は娘をそこからどかさなければなりませんでした。アイシャは縁かがりをしていないベッド用の大きなシーツがタンスにあるのを思い出しました。ある日、夫がしょっちゅう口にするように、仕事のやつだ、とアイシャにわたしたシーツでした。商売をしているといろんな仕事ができるのね、後で縁かがりをする必要があるシーツをタンスにしまいながら、妻は夫に言いました。アイシャはミシンをもっていませんでしたし、貸してくれる知り合いもいませんでした。シーツを広げると、乳母車と娘がすっぽり隠れてしまいました。母親のしぐさを追う娘は興味津々で、三回、四回、五回とアイシャは娘を布で覆っては、ほら行くわよ、と叫んで引きはがします。娘ははじけるような笑い声をあげ、母親も笑います。《さあ、これくらいにして。父さんも帰ってくるから。急がなきゃ》。ベッドの上と下に必要な縦と横の長さをはかって布を一気に引き裂くと、少し眠たかった娘はびくっとしました。アイシャは手早くベッドを整え、今度は防水用シーツも忘れずに敷いてピンクのサテン地のベッドカバーの上に娘を寝かせましたが、そのカバーはというと、夫の客の一人が自宅の寝室の二重カーテン、ベッドカバー、ベッドマットをすっかり模様替えしたときにくれたものでした。女性の客がくれるものをアリはすべて妻のものとして受け取りました。アイシャは全部をとっておいたわけではありません。場所がなかったのです。部屋のタンスは小さくて、すぐに使わない布巾やシーツ類を収納しきれませんでした。化繊の透けるカーテンはとっておきました。小さく折り畳んで紐で結わえておけば場所もとりません。HLMのアパルトマンにつけようと考えたのです。二重カーテンとベッドマットはモントルイユの古道具屋にゆずり、売ったお金は折半すればいい、とアリに言いましたが、アリの客は自分があげたものをアリの妻がどのように使っているか知りたくてたまらないのでした。妻はとても喜んでます、よろしくお礼を言ってました、とアリは客に答えました。詮索ずきの客のなかには、店の奥まで見てみたいと言いつのる者もいましたが、《妻がもう少し元気なときにお見せしますよ》と返事をしました。それを聞いて納得して、次に来るときまでもう言い出しません。アリはフランス人の女性は不躾で品がないと思いました。自分がここで止めている限りは絶対このガラス張りのドアの向こうに入れさせないとも思いました。女性の客がくれた赤と白のいくつものビニール袋は、団体や協会に寄付しても本当に必要な人に届くか皆目わからず、それなら食料品屋の奥さんと子どもたちにと、アリが受け取ったものでした。赤十字だってどんなものだか分かりゃしない、集まった物資はまるまる自分たちのものにして闇で流しているんじゃないかと、どういう仕組みになっているか分からないので不信感を抱いたのです。というわけで、彼女たちはこしらえた包みを、働き者で若い、すでに五人の子がいるアラブ人の食料品屋にあげたほうがいいに決まっていると考えたのです。アイシャがお店に姿を現わすことはありませんでした。子どもたちと話している女性の声をたまに聞いたことはありますが、それは店の奥に女の人がいるからで、妻は今とか、子どもたちの母親が……とか店主が言えば、客たちは事情を理解し、彼のことを信用しました。第一、疑う理由などありませんから……そんなわけで、アイシャは子どもにも自分にもものを買うことはほとんどありませんでした。アリの必要な服を買うくらいでした。それに上っ張りをはおってしまえばわかりません……一度だけ、在庫品からいつも新品同様のものを見つけてくれる友人の古着屋から、ウール百パーセントのりっぱな背広を買ったことがありました。もちろん流行遅れのものでした。でも、アリは流行なんて気にしませんから……メトロの広告でポーズする若くてエレガントな男たちを見ても、アルジェリアで二十歳だった頃とはちがって、もう気にもかけませんでした、国が独立を宣言する「最後の叫び」を心待ちにしていた頃のことです。アリも、その友だちも、おなじくらい洒落っ気はあったのです。フランスには服を全部はもってきませんでした。当時着ていたシャツとセーターを今でも着ています。ビュット＝ショーモンへ出かけたのはある日曜の午後のことでした。アラブ人は日曜でも一日中働くものだと思っているお得意さんもいて、店の前まで来たはいいが店は閉まっていたので、前もって言ってくれれば午前中に来たのに、と恨みがましく思った客もいたのでした。この外出の前にアリは一度だけこの背広を着たことがあり、それを見たアイシャは夫に惚れ直したものでした。年に四、五回しか着ないと知っていたので、そんなものを買ったのを悔んだのではなく、これほど素敵な夫をあまり目にすることがなかったのを残念に思ったのです。背広を着たアリはそれほどパリッとして若々しく見えたのです。うっとりするくらい魅力的だとも思いました。アイシャはアリに、毎日でも着てほしいわ、ガラス張りのドアからずっと眺められるから、と言って笑わせました。ビュット＝ショーモンで女たちのグループにいたアイシャはその日、新品でしなやかな背広姿のアリを目で追いかけ、陰気な色をしたいつもの食料品屋の上っ張りをはおったのとはちがい、すらりとしてうんと若いと感じたのでした。他の男たちより背が高くがっしりしていて、上着の肩当ても手伝ってそれが引き立つのでした。メトロのなかでアイシャは、みんなのなかであなたが一番いい男で、いっしょにおしゃべりした女たちもそのとおりだと言ってたわよ、とアリに言いました。アイシャの言うことをすっかり真に受けたわけではありませんが、車両のドアガラスに映った自分を見るたび、それが自分だとすぐには分からなかったのでした。アイシャは鏡に転じたドアガラスに映るアリと視線を合わせて微笑みました。するとアリもアイシャに向かって笑ってみせました。店に来る女性の客、とりわけフランス人の客は男前のアリに無関心でいられないことをアイシャは知っていました。ある日、一人の女性客が然るべき距離をとってセーターをアリの胸のところで広げて、それがアリに合うかどうか見ているところを、アイシャはドア越しにとらえました。客の旦那さんはもう着ることはなく毛糸がのびて、ゆるゆるになってしまったのです。市販のお古のセーターではありません、お客が編んだものでした。店の奥に通じるドアに向かってアリが落ち着かない一瞥を投げかける寸前に、妻はガラス張りのドアから咄嗟に身を隠したのでした。ある常連客たちのするあからさまなお節介にアリはいつも困惑していました。とくにこのセーターの客は大の苦手で、お構いなしにずけずけと、いつでもどこでもそれが当然とふるまうのです。こんなときに別の客が来るのはいやでした。店の入口と奥、二つのドアをアリは注意深く見張っていました。フランス人の客は、《上っ張りで隠しちゃ何も見えないじゃない?》と、アリがセーターをはおるよう適当な言葉を並べていたところでした。上っ張りがこの女性客にはじゃまなのだと彼女の身ぶりで理解したアイシャはドアを離れ、口を押さえて笑いました。この客はアリの上っ張りを脱がせるつもりかしら? 窮地に追い込まれたアリは、《こんにちは《ボンジュール》》と言っていっしょに入ってきた二人の客に救われました。すぐに彼女たちのほうに駆け寄り、強引なその客はというと、誰かに着せようとしたセーターをかかげたまま放ったらかしにされたのです。彼女はセーターを丁寧に折りたたみ、店のかごの縁にうまい具合にのせ、そして店を出ていきました。翌日、またやって来たその客は、アリがセーターを着ているかどうか確認するため灰色の上っ張りの襟口を注意して見ました。袖口からセーターはのぞいていません。それにちょっと風邪気味だったのでウールのマフラーを首に巻いていたのでした。セーターがちらりとも見えず悔しくなって、さっさと買物をすませ出ていきました。アリはセーターをアイシャにわたすと、アイシャは手で触って何の毛糸か確認してみました。しっかり太くあたたかそうな純毛でした。翌日アリは、色が気に入らないと言ってセーターを着ませんでした、アイシャも着てみたら、とは言いませんでした。けれど一週間後、アイシャがタンスからセーターを取り出すと、アリは色が気に入らないと言ったことも忘れて、それをかぶってはおったのです。その朝はとても寒くて、厚いセーターが要ると言ったのです。それを押しつけた例の客は、自分の旦那さんがもう着たがらないセーターを食料品屋が着ているのを見て満足げにほほ笑みましたが、何も言いませんでした。アリはグリュイエールチーズを量っている最中で、客の笑みに気がつきませんでした。

女の子はピンクのサテン地のベッドカバーの上でまどろみ、アイシャは何か掛けてやらねばと思い、モール式風呂に行くときに使おうといつも手元に置いておいたフータ〔綿や麻製の模様つきの、体に巻いたりする大きな布〕を娘に掛けてやろうと思いました。女友だちができれば風呂にも行ったでしょうが、絶対に独りでは行きません。知りあいがいなければ、子どもといっしょでも難しかったでしょう。男の子は六歳までは母親といっしょに行き、その後は父親といっしょに男性用の風呂に行くのです。アリは長男といっしょに一週間に一回、ときには次男を連れて風呂に行きました。風呂ではいろいろしゃべりました。男の子たちは学校の先生や勉強のこと、それに喧嘩したことも話すので、自分はもう学校に行っている息子が二人いるのだ、と話しながらしみじみ思ったのです。フランス語を話して書いて、親の言葉も忘れずに母親と、そして自分と顔を合わせたときにはアラビア語を話す、よく勉強する男の子二人の父親であることにアリは驚き、そしてうれしく思いました。風呂で息子たちは父親とアラビア語で話しましたが、息子どうしで確認しあうときや口ごたえするときはフランス語を使いました。その頃、息子たちと風呂にずっといた日には、店を夕方遅くに開けました。水曜の午後二時から四時のあいだに風呂に行くのが好きでした。四時を回っていればパン、イチジク、ナツメヤシ、林檎をおやつに持っていきました。ハンマームの入口の小さな売り場で入場券と石鹸を買いました。アリの店には石鹸も売っていましたが、風呂で石鹸を買って売り場にいる少年としゃべるのが好きだったのです。風呂に行く三人に、アイシャはいつも一番大きくて一番厚いタオルを用意しました。そのタオルはマルシェに店を出しているアリの友人が毎年ラマダンの時期にアリの店に寄って、ショルバに使う野菜や、他では見つけられない香辛料、とくに欠かせない新鮮なミントを求め、その代わりにと黙って置いていく包みのなかに入っていたのですが、タオルやシーツの入ったその包みはアイシャが開けてみる女性の客が手わたす包みといっしょくたになって置かれていました。二人とも商売に忙しいので暇はなく、会うことはまれでした。毎週息子たちと行くハンマームはアリにとって特別で、単に体をきれいにするだけではありません。石鹸の泡を全身につけてやり、息子の体に触れ、ほっそりして痩せぎすでも筋肉でかたい、なめらかな褐色の肌をしたその裸の息子をお腹から頬っぺたへ、そして指の先まで目にする唯一の機会でした。息子たちの体をゆっくりていねいにこすっては、自分とおなじ体をしていること、ちゃんと割礼されていること、フランス人の子どもではないことを確認するのでした。二人がまだ見たことのないアルジェリアの話をして、自分たちの国があること、それは父さんと母さんの国で、ムスリムだから二人は割礼をしていることを毎週のように思い出させ、ムハンマドやコーラン、良きムスリムが果たすべき義務、メッカのことについて息子たちに語るのでした。そしてとうとうしまいには、宗教のことを教えてもらうために知りあいのイマーム〔礼拝の指導者〕のところに行かねばなりませんでした。息子たちが投げかけるイスラームについての質問に、アリはそのすべてには答えられなかったのです。イマームはアリに本を探してくれましたが、アラビア語の本だったのでアリも息子たちも読めませんでした。移民の子どもたちにアラビア語を教える文化センターに登録するといいとも教えてくれました。息子たちはそこに登録し、いつから始まるかと毎晩父親に訊きました。一週間前から、土曜の午後とハンマームのあとの水曜日、息子たちはアラビア語のクラスに通っています。いつか息子たちは、アラビア語を父親に教えるようになるでしょう……ハンマームでは、体操着を入れるバッグに母親が入れたガスール〔粘土の洗顔剤〕で、アリが子どもたちの髪を洗います。散髪は妻ができるときにしました。長男の髪はくせの強い縮れ毛で鋏がうまく入らないものの、見た目は悪くなく、次男は縮れ毛というより巻毛で、よく切れない鋏ではうまくカットできず、ちょっと不格好になります。父親がガスールでていねいに洗ってやると、息子たちの髪はぴかぴかにきれいになりました。スーパーで買う安いシャンプーよりよほどいいのです。子どもたちは頭に粘土の匂いがするのであまり好きではありませんが、それでもガスールで洗いました。というのもアリの妻はガスールの効能を信じていて、アリもその通りだと思ったからです。アリもまた、これを頭髪になすりつけるのですが、子どもたちはふざけて、この粘土の洗剤を父親の黒くて厚い口髭につけるのでした。ある日、シトロエンの工場で働いている活動家の友人がアリに、おまえの髭はスターリンみたいだと言いました。アリはスターリンが誰か知りませんでした。マルクスとレーニンは知っていました。市場で配られたチラシにマルクスとレーニンが描かれていたからです。息子たちに買った古本のプチ・ラルース事典を調べてみました。友人はスターリンが誰だか説明してくれました。共産党下のロシアを長年指揮し、反体制派をたくさん収容所送りにしたことは分かりました。けれど、その口髭がどんなだったかは結局分かりませんでした。

息子たちとしゃべってくつろぐこの午後の時間、二人がふだん耳にしない文化と宗教の手ほどきとなるこの時間がアリは好きでした。息子たちにはアルジェリア人であってほしかったのです。それにはやくからそうであるべきですし、ハンマームはそうするのに最適な場所に思えました。石鹸で二人の体を泡だらけにし、血が出るくらいにこすり、ざぶんと豪快に流してやると叫び声と同時に笑いも起こりました。彼らは風呂では本当にアリの息子たちでした。なぜならアリとおなじ体をしていて、それを美しいと思ったからです。三人で過ごす時間をアリは幸せだと感じ、日々のごたごたは翌日まで忘れてしまいました。息子たちは真面目に話したり冗談を言ったりしますが、お祭りのような水曜午後のお風呂が楽しみなので、それ以外の日は父親とほとんど会えなくても、朝におはようを言い、寝る前におやすみを言う、それくらいで我慢できたのでした。一度、父親がハンマームに二人を連れて行けなかったことがあったのですが、二人は一日中ひどく不機嫌でした。どうしたの、とアイシャが問いつめると、二人はやっと訳を言いました。アイシャはアリと息子たちを羨ましく思い、臆病だけれども独りで風呂に行ってみようと決心しましたが、やはり行けませんでした。息子たちと行くことができれば……男性用ハンマームに女性は入れず、女性用ハンマームに男性は入れません。この区別にアイシャはすこしむっとしました。そしてハンマームが敷地内にあるお金持ちのお屋敷、広大なモール式の邸宅のように、自分と家族専用の風呂があればと思ったのでした。

赤ん坊と二歳の女の子が眠っているあいだに、アイシャは部屋を片づけ、きっちり掃除をしたおかげで少し気分が落ち着きました。哺乳瓶を用意し、アリが戻ったときの昼食の支度をしました。やらねばならない家事に気を集中させるとすっかり忘れてしまいそうでしたが、彼女はまたムスタファのことを考えだしました。きっと大丈夫だよ、とアリは言ってアイシャを安心させ、大声を出したりはしませんでした。腕に坊やを抱えて出ていったのです。最善を尽くしてくれるでしょう。二つの桶に浸けた布巾や下着を黙々と一生懸命に洗い始めました。洗濯物の上に音もなく涙が落ちました。本気で泣いているわけでもないのに、それが止まりませんでした。洗濯が大体終わって、一つずつ蛇口の下で流してすすいでいると物音がしました。不安になって部屋まで駆けつけると、赤ん坊がぐずっていたのです。眠たかったのでしょう。哺乳瓶はお湯を張った鍋のなかで温かくしてありました。赤ん坊に飲ませようとすると娘が目を覚まし、《イマ、イマ》と跳び起きました。《ほら、私はここよ、眠ってなさい》。でも女の子はもう眠たくなくて立ち上がり、母親と赤ん坊のそばに来て哺乳瓶をつかもうとしたのです。アイシャは娘を膝の上に座らせて歌い始めました。

そのとき、奥のガラス張りのドアをアリが押して入ってきました。入口のドアは鍵がかかっていませんでした。アリはすぐには話しません。アイシャはまだ歌い続けていました。歌がやむと、《大丈夫だったよ》とアリが言いました。彼女はムスタファが生きていると知って、夜になるまでアリには何も訊ねませんでした。けれどベッドに入ってアイシャが眠らずにいると、アリは午前中に病院であったことや医者が言ったこと、つまり取り調べや子どもを預けること、判事のことなどを静かに話して聞かせました。アイシャはおとなしくじっとしていましたが、少し息を荒げて聞いていました。最後に、《あなたはどう思うの？》と聞き返しました。硬くこわばりひんやり冷たくなった妻をアリは抱きかかえました。首、髪、手のひらに息を吹きかけながらアリは妻を暖めました。《泣きたいなら泣いていいんだよ》とアリが言うと、《ひとりでに涙が流れてくるのよ》とアイシャ。《あなたはどう思うの？》それればかりを繰り返しました。新しいアパルトマンを見つけよう、もし見つからなかったらみんなでアルジェリアに帰ろうとアリは約束しました。《それでムスタファはどうなるの？》とアイシャがさえぎります。店の奥の部屋に住んでいる限り、ムスタファは家には戻らないと説明しました。《ひとりぼっちで病院にずっといるの？》。《医者がついて診ることになる。そのうち分かるけど、多分ひと月だろう。そのあと、判事が一般家庭に預けるそうだ》。預かってくれる家庭は息子を取りあげたりせず親元に返してくれること、子を手放すことを誰も強いることはできないと、新たに説明しなくてはなりませんでした。《フランス人の家庭かしら?》。《分からない》

アイシャは寒かったのです。何も言いませんでしたが眠ってはいませんでした。アリは妻をずっと腕に抱え、一晩中、朝までそうしていました。アリのせいでアイシャは不幸になったのです。村から、郷《さと》から彼女を奪い去り、たくさんの男が職無しの向こうよりはいい生活ができるだろうとフランスに来て、みじめったらしいこんな店に引っ張りこんだのはアリなのですから。大体の目星はつけました。もし引っ越しができなければ、妻と下の三人の子どもはアルジェリアに戻そう、アリと二人の息子はリセに行くまではあと数年、ここに残ろうと決めました。アイシャがやっと眠りにつきました。自分が暖めてやった妻に押しつぶされたまま、アリも眠りました。赤ちゃんに哺乳瓶をくわえさせたのはアリでした。朝の五時頃だったはずです。アルジェリアから持ってきた中国製《メイドインチヤイナ》の大きな目覚まし時計が見えませんでした。いっしょにもってきたティーポットとおなじくらい愛着があったものです。どちらも、叔父さんの店が爆破されて村に帰るまえにアリがもらったものです。目覚ましとポット、そして缶詰をいくつか荷物に詰め、約一週間はその缶詰で食いつなぎ、ポワント=ペスカドに泳ぎに行かないときはアルジェの街中をぶらつき、夜は板張りの小屋に身を寄せ、そこで瓶詰の炭酸水を売っている男と知りあいになったのです。アリが子どもの支度をし、牛乳を温めカフェオレを淹れて、子どもたちはバターを塗ったガレットをそれに浸します。無言で食べました。ムスタファはどこ？と長男が訊ねました。アリは何も答えません。バルベスにある安い古着屋で買ったブルゾンを着せながら、二人にキスをしました。学校カバンを背負って並んで出かけるのを目で追いました。長男はもう、弟の手をつないだりしません。娘はまだ眠っていました。赤ちゃんの着替えをどうするのか、アリには分かりません。アイシャが目を覚ましたばかりの大きなベッドのそばの乳母車のなかに、赤ちゃんをそっと置きました。アイシャは前の晩、髪を編むのを忘れていました。普段だったら目が覚めればすぐ起きあがるのに、ベッドの上に座りました。縺れた長い髪が頭の両脇から垂れてシーツまで届き、アリは妻を眺めていました。アイシャは左足を立てて膝に顎をのせたままじっとしていました。アリは妻に近づき《アイシャ》と呼びました。すぐには返事がありません。再び、《アイシャ》ともう一度アリは言いました。普段はこんなふうに見ることはなかった妻の髪は少し乱れて、豊かで長く美しく、アリはそっと髪を愛撫しました。日中は後ろに髪を寄せて項《うなじ》の上でまるくまとめ、べっ甲を模したプラスチックの髪留めでそれを留めていました。この髪型はずっと変わることなく、それにアルジェリア式に大きなスカーフをしょっちゅうつけていました。アイシャの顔が髪で隠れて見えません。アリは右の頬にかかる妻の髪の毛をそっと持ちあげました。アイシャはアリの目を見ました。夜に泣いたにちがいありません。《きれいな髪だ》。アイシャは頭を横にふりました。《触らせてくれ》。《それでムスタファはどうなるの？》。アリの手はずっと妻の髪を撫でたまま、《どこにいるかは分かってるだろう。どうして聞くんだ？》。《でも、あなたはどう思うの？》。《おまえがそうしたいなら会いに行こう》。妻は頷いて立ちあがりました。背はそれほど大きくありません。長く垂れた髪は腰までありました。結婚以来ずっとおなじ、透けるナイロンの寝巻を着ていました。二つ持っています。襟ぐりと袖のレースがところどころ取れていましたが、気にしたことはありません。アリは店へ出て行きました。アイシャは腰をおろし、目の前のお碗に入ったまだ温かいコーヒーを飲み、息子たちとおなじようにガレットの残りを食べました。アリは近所のマグレブ人に売るアラブのパンを受け取ったところでした。アイシャに焼きたてのガレットをもってきて、《ほら、食べろ、まだ温かいから》。アイシャはそばに座るようアリに合図をして、《それでムスタファは？》と繰り返します。《病院にいるよ、二人で会いにいこう。ほら、食べろ》」

ダリラもまた続きが待ちきれなかった。母の友だちはまだ話を全部終えておらず、話を聞いている女たちは彼女に何か質問するたびに脇道に逸れ、微に入り細に入り答えるのだった。誰も顔見知りではないのに、でもすっかり知りあいの気がするこの若い母親にまつわるすべてのことを女たちは知りたがっていた。ビュット＝ショーモンで会ったことがあるので、それからはよく話題にした。なぜ彼女はみんなのいる辻公園に来ないのだろう？　そんな質問はダリラにはどうでもよかった。小さなムスタファのことを話すのを聞きたかったのだ。この時には、父親がいつか自分をぶつなどと思いもしなかった。そして初めてぶたれて以来ずっと、ダリラの帰宅が遅くなるたびに暴力をふるわれ、ついには家出を思い立つのだが、その直前に一週間部屋にこもっていたときのある晩、母親が興奮した父親をなだめようとすると父親の怒りはいっそう激しくなり、もしあれがずっとこのままだったらアルジェリアに戻す、そのためには何でもする、と言ったのがドア越しに聞こえたのだった。アルジェリアって非行を矯正するための国なの？　多くの父親や、ときに母親までもが、悪さをする息子や娘をなぜ向こうに送るっていつも言うのか？　ダリラの父親は繰り返し言った。あれと同い年の娘がいる叔父のところへ行かせよう。どうやって生活して行くか、向こうで学ぶんだ。フランスだったら話したくもないアラビア語でも向こうでは覚えなくちゃいけない、絶対必要だからな。アルジェリアではフランス語なんかしゃべってくれない、あれが誰にも話しかけないなら、誰もあれに話しかけるなんてことはしないぞ。ファティマは夫をなだめようと、これからはそんなに娘を外に遊びに行かせないと約束し、アルジェリアのことを刑務所みたいに言わないでと夫に頼んだ。「もし子どもたちが聞いたら、絶対行きたくないって言うから。それにもう行かないって言ってるし……」。「そうなるかもな」。ファティマはしゃべりすぎた。夫はなおも、息子たちがコレージュをさぼったり、娘が言うことを聞かないままだったらどうするか、と子どもたちを脅し続けた。

父親はコーヒー沸かしと茶碗を前に座り、母親は食器洗いを終えて、藁の台を薄い板で包んだようなものの上でガレットを捏ねていたが、夫が持ってきたその板は使い途が分からず、子どもたちがガレットを作るのにいいと言ったのでこうして使っているものだ。台所で二人が夫婦の会話を終えるとダリラは、もし次にアルジェリアにどうしても行くことにでもなったら出発の日に姿をくらまそうと自分に誓った。向こうの田舎《ブレッド》に行ったら、父親は自分を叔父に預けたまま連れ帰らないのは明らかだった。アルジェリア内陸部の村で娘たちをどう扱うか、ダリラはよく分かっていた。しっかり見張って外には出さず、命令に従わせ、女たち、叔母や従姉妹や大叔母たち……一家の知りあいの女たち、家のためにとお節介で気をきかせ、抜かりなく仕切る女たちの言うことを聞く……アルジェリアなんかに行くものか、アルジェリア人だからって自分の国と言葉をもっとよく知ろうと叔父の家なんかに住むものか。フランス人にもなりたくないが、暮らすために向こうに行くなんてまっぴらご免だ。もっと後になってから行く。わざわざアルジェリア出発の日に逃げなくてもいい。それより三カ月早く家出してしまったのだ。

いい天気になってきた。女たちの話は相変わらず続き、ムスタファが病院から出たかどうか、ダリラはまだ知らなかった。母親のファティマは何週間ものあいだ、辻公園での女たちのおしゃべりに行けなかった。義理の姉と従姉妹が初めてフランスにやって来たのだ。二人の来客の世話をしなくてはならない。いっしょに出かけて案内し、あれこれと助言して連れて行かねばならず、女の客は何でもすべて見たがり、尽きることないその貪欲さと欲望、そして要求にファティマは疲労困憊した。ファティマが十年以上かけてたどった道程とおなじ場所、おなじ駅に降りて、彼女らはそれを二週間で踏破した。アルジェリアの、それもある地域のアルジェリア人なら誰もが知っている明快で特別なパリ、そう、そんなフランスの首都の地図でもあるかのようだ。おなじ村《ドウアール》の者なら、その細部一つ一つを絶対に自分の目で確かめなくてはいけないおなじ一枚の地図が。パリを歩くときにファティマの頭のなかにしっかり刻まれたその地図は、アルジェリアの外に一歩も出たことのない家族の女たちもおなじくらいよく知っていたが、だからといってファティマの労を減らすものではなかった。散策から戻った従姉妹は毎晩、どこにも記されていないその地図から自分が見たことのある、そして見るべきデパート、ブティック、大通り、記念建造物、並木道、広場、彫像、公園を拾いあげた。独りだと家から外に出てパリを歩くのに一苦労するファティマだったが、アルジェリアからパリの地図にチェックしていたすべての場所に行って、さんざん歩いてあれこれ見ては滅多にものは買わないのに感嘆の声だけはあげ、ああだこうだコメントしまくるまったく疲れ知らずの二人の女にすっかりひきずられていた。行ったことのある場所をまた訪れるファティマだったが、何も見ていなかった。従姉妹と義理の姉は休みなくしゃべり続け、どこへ行くにも急ぎ足で、ファティマは二人の有頂天の証人としていっしょにいなければならなかった。一週間も経てば、この過酷な旅程のつきあいをしなくてもすむだろうと思っていたが、ファティマがいっしょでなければ出かけないと二人は言ってきかなかった。ダリラは母親に、いつ辻公園に行けるのかと訊いた。苛立ったファティマは皆目分からないと答えた。その間に母の友だちが集まって、誰かがムスタファの話の続きを知りたがったらどうするのだろう？娘をぶった女の人に話の続きを教えてとはダリラは頼めなかったし、母親は忘れてしまったかもしれないし、その女の人も母親も別の話をするだろう。母親もその女友だちも、おしゃべりするときはしょっちゅう一つの話題から別の話題に脈絡もなく脱線してばかりで、ダリラは忘れずに憶えていた話の断片をできるだけつなぎあわせてもう一度話を作りなおさねばならなかった。あれやこれやどうなったのか母親に訊いてみても、自分が言ったことはもうすっかり憶えていない。母の友だちが辻公園に集まるとき、何も考えずになりゆきで口にしたことに、なぜダリラがそれほど興味をもつのか分からないと言うばかりだった。クスクスの粒を湿らせてかき混ぜようと台所の床に座り込むと、母親の手はひとりでに動き、ダリラが話しかけても、「今何かを作っているのは分かってるよね……おまえの相手をしている余裕はないのよ」と言われるだけだった。何もしていない母親をダリラは見たことがなかった。だから手があいて気をとられていないちょっとした時間をとらえて、欠かさず見ている連続ドラマの見落とした回の内容でも聞くかのように訊ねるのだった。ファティマは、何も憶えてないわよ、と前日にきっぱり言ったのを忘れて答えることもあったが、娘の執拗さにとまどったあげくの果てに、「でも何が気になるの。何を知りたいの。一体全体、それでどうしようって言うの？……」とファティマは言った。矢継ぎ早に質問が飛んできて、ダリラは最後の質問にだけ「別に何も、母さん」と、唇の端で訝るようなシューシューいう湿音を出している母親に向かって答えた。母親はダリラを見て、そして腰回りにずっとくっついて離れなかった辻公園の娘を思い出して繰り返した。「それで、何が気になるの？」。ダリラはあきらめなかった。母親が大きな木鉢を両足ではさみ、片足は折り曲げてもう一方は伸ばして座りながら、脂だらけになった手をすばやく動かしてバターと塩を入れた水でスムールを捏ねては雨のように上からこぼすのを続けているかぎり、ダリラは母親にたずねることができた。なぜ女たちは子どもをぶったりするのか、なぜ腕や頭を怪我させたり血が出るほどぶつのかと娘が訊くと……ファティマはこう答えて黙らせる。「いいかい娘よ、それは全部おまえのため、分からないだろうけど……くたくたに疲れていらいらしてるから……ね。もうこの話はやめ」。「でも母さんだって一度……」とダリラが繰り返した。娘は平手打ちのことを忘れてはいなかった。ファティマはバターでべとべとになった手を忘れて、娘の頬を軽くたたいた。ファティマはもちろん憶えていた。娘を抱きしめようと立ちあがった。動揺してタイル床に置いた鉢のなかに水差しを倒してしまった。娘が思い出させた平手打ちを謝るように、服の裾で脂のついたダリラの頬をぬぐった。

義理の姉と従姉妹を夫が空港まで送っていくあいだも、二人は向こうへ持ち帰る手荷物すべて、スーツケースやバッグやたくさんの包みの点検に余念がなかった。丹念に忠実に見てはたどったパリの地図とおなじように、二人にはどこにも記されてはいないが、持ち帰るものを繰り返し点検するときに、自動的にすらすら心に浮かぶリストがあるのだ。何一つ忘れものもなくすっかり満足した様子で、荷物で車をいっぱいにしたあと、飛行機の預け荷物に超過料金を払って二人は国に戻っていった。お金をどれくらい使ったかは問題ではなく、村の者、家の者の誰ひとりとして忘れていないことが大事だった。アルジェに着くまで、そしておそらく内陸の村に向かうあいだも、名前と品物をつきあわせながら頭に浮かぶリストをチェックし続けるだろう。ファティマとその夫は搭乗間際まで面倒をみた。札をつけなかったあのバッグ、あの包みはちゃんとあるだろうかと、義姉は何度も思いついて荷物を見直した。二人の両手がほとんど空になるとファティマは気づかれないくらいの小さなため息をつき、係員が立つ出国手続きの入口を二人が越えると、別れの最後のしるしに深い大きなため息をついた。夫はそれに驚いた。妻は一度も愚痴は言わなかった。朝は仕事に出てしまうし、夜のおしゃべりにしかつきあわない、それに……みんなが眠っているし、うるさくしないほうがよかろうと夜遅く帰ることもあった。車内はまだオーデコロンの匂いがした。フランスで買って飛行機のなかで使いたかったコロン、アルジェリアの女たちが特別好んで、身内の女たちからも頼まれている琥珀色をした「モン・サン＝ミシェル」だった。家に着くとファティマはブーケがあるのに気づいた。二人が忘れた造花のブーケだった。

ファティマは月曜から辻公園に戻った。友だちはもうそこにいた。どうしてずっと来られなかったか説明すると、女たちは口をそろえて、アルジェリアからの家族はおかまいなしに来たいときに来て、いつ帰るかはっきり言わないまま、それで当然というふうに長逗留することに文句を言った。アルジェリア、それもとりわけ田舎《ブレッド》から来る従兄弟たちのやり方をからかったが、町に住んでいる者も首都アルジェから来る者ですら……たくさんの笑い話の末に分かることと言えば、結局はどこから来てもアルジェリア人ならみんなおなじということだった。

その日はそれほど寒くなかった。女たちは日だまりのなかにいた。冬の終わりの日だった。ファティマはフラシ天の上着を洗濯に出さないで洗える方法はないかとあえてクリーニング屋に聞き、言われたとおり少し湿らせた洋服ブラシで上着をていねいにブラッシングしてから大きなタンスにそれをしまった。クリーニング屋には、あとで夫のレインコートを預けに来るからと言った。うまく押して開けないと非常ベルが鳴り出す店のドアが閉まる前に持ってくると約束した。

ファティマはその日、ウールとポリエステルのブラウスの上にターコイズブルーのカーディガンをはおり、栗色とベージュの大きな格子柄のプリーツスカートをはいていた。それはダリラの頬にやさしく、軽くて柔らかい、手持ちのなかで一枚きりの純毛のスカートで、仕事先の女主人が店の大片付けをした日、スーツケースの奥にきれいにたたんであったものをファティマにくれた。マダムはしっかりダイエットをしてすっかりスリムになっていたので、そのスカートはと言えば「自分が三人分入る」ものだった。根気よく頑張っためざましい証拠と新たに獲得したスタイルにすっかりうれしくなっていて、スカートをファティマに譲った。「ほら、こうすればもう太れないわ。このスカート大好きだったの。あなたに似合うわよ。ちょっときついかもしれないけど、ボタンをずらせばね。私が痩せてよかったでしょ。純毛よ。クリーニングに出してね。純毛だから丁寧にね」。そう言うのを聞いてからスカートをたたんでフランク・エ・フィス〔パリ十六区にあった高級デパート〕の大きな袋に入れ、帰り際に忘れずに持っていった。子どもに手がかかるせいで、もうマダムのところでは働いてはいない。週に四回、午後二時間だけ働きに行った。マダムの店はモンパルナスにある美容院だった。子どもたちが小学校の食堂や託児所にいるあいだファティマは午前中に家を出て、彼らが戻ってくる前に帰宅した。バス、メトロ、道のりは長い……けれどいやではなかった。周囲を眺める。誰も自分を見ていないことに気づく。慎みからではなく、倦怠と疲労と無関心ゆえだ。目があっても嫌な思いはしなかった。厚かましいと思われたにちがいない。

男でも女でも、他人と視線があってもうつむいたりしなかった。女の人たちが何をどうやって着ているのか注意深く観察した。ミシンが手に入ればと想像した……このお手伝いの給金で、ずっと働いて小銭をこつこつ貯めていけばそのうち、と。しかし、早産のせいで中断しなくてはならなかったし、働きに行く時間もとれなくなった。マダムはアパルトマンの下の店で働いていた。バベットという名だった。チュニジアのユダヤ人だ。娘さんが学校を出てリセに行かないんだったら見習いで雇ってあげるわよ、と言ってくれた。ファティマはむっとした。娘は成績がいいからリセに行くんです。バカロレアを取ったあと、私が望むように教師にならないんだったら、勉強を続けるでしょう。「勉強を続けてどうするの」とバベットはたずねた。ファティマは答えなかった。「大学に行くでしょう、たぶん医学部……分かりませんけどね」。ファティマはバベットがほほ笑んでいるのを見た。「まあ、いずれ分かるだろうけれど」とファティマは考え、その気もなかったのに自然と、いつか娘が立派な医者になるよう祈った。ファティマは働き者で、チュニジアのお手伝いよりもいい賃金を払っているとバベットは思った。休憩時にバベットが上にあがってきて二人でしゃべることがよくあった。ファティマは賢いから、誰にも言えないようなことを話してもだいじょうぶだと考えた。その声、訛り、損得抜きのところが気に入ったのだ。ファティマはバベットを、美人ではあるが脚と尻が少しぼったりしていると思った。それでも、着こなし上手で化粧もうまかった。髪はきれいな赤毛で眼が緑色、本当に向こうの人だと思った。

フランス人だと退屈だけれどバベットとならそんなことはなかった。美容室が休みでファティマが手伝いに来る月曜日のある日、ヘンナで染めてあげるとバベットが言った。ファティマは時間がないと言って、バベットはファティマが家事をする時間に髪をいじるのはあきらめた。髪の毛が好きとしょっちゅう言っていた。「髪の毛をいじるのが大好きなの。わたしの情熱よ。子どもの頃は母親の髪の毛で遊んでいたくらい。チュニジアじゃあ夏のあいだは中庭のイチジクの木の下に何時間も座って姉や妹のヘアスタイルをいろんなふうにこさえてね。三人の姉妹と母親はみんな、髪が長かったの。母親は黒髪で、姉妹のうち一人はほぼブロンドで、残りの二人は赤毛だった。それにそれぞれ、髪の質がちがったの、硬くて量が多いのと、細くて天然パーマで柔らかいのと……ああ、それは末っ娘《こ》の妹よ。おちびって呼んでた妹、ほんとにちびだったの。ちょっと凝った髪型を考えだしたり、本のなかから時代ごとに女の人の髪型を見つけだしてね、いろいろ変えていくの。すごく素敵な髪型にセットできたのよ。母親よりも姉や妹がわたしにつきあってくれたわ。家では何もすることがなかったから。使用人が全部やってくれて、手伝えとも言われなかった。近所の女の人や娘たちがやって来て、午後のあいだずっと私の髪いじりを見ていたわ。私は本物のアーティストだってね。髪ができあがっても、それで外に出るなんてことはもちろんなかった。ある日、チュニスにあるリセの図書室で美術の本をめくっていたら、偶然すごい髪型をした女の人を見つけたの。本は持ち出せなかったから、その頭をデッサンしたわ。とくに巻毛、ねじって結い上げた髪、三つ編みを横から上にまとめた髪、それら全部が細いリボンでぐるりと留めてあって、額のてっぺんまでとどく一房の巻毛の下にくぐらせてあるのよ。深く切り込んだドレスの前と後ろを素肌の左肩のところで留めて、留め金は北アフリカ、とくに内陸部の女の人がドレスの裾を留めるブローチにそっくり。耳のそばで編んだ髪は貝殻の形にまるくまとめたように見え、編んだ髪の先は左肩へ、留め金のほうに傾いた顔の向こうに流しているの。私はデッサンが苦手だったけど午後じゅうずっと図書室で過ごして、その絵をかなり忠実に模写することができた。次の日すぐ、ブロンドの、というかほぼブロンドのサラの頭でそれを試したの。妹のサラを中庭の木の椅子に座らせて、私が描いた絵を見えるように背中にのせて落ちないようにしてね。サラは私たちの中で一番我慢強く、一番若くてきれいな子だったわ。すごく時間がかかって何度もやり直したのよ。やっとのこと、象牙の柄がついた鏡で自分を映しながら、サラは「ママンに見せにいくわ」と言ったの。「どこで見つけたの？」母はこう言ったわ。サビニの女よ、図書室で見つけたの。ジャック＝ルイ・ダヴィッド〔新古典主義の画家〕っていう人が描いた絵よ。《サビニの女たちの仲裁》っていうの。戦う男たちを制止する女の人が前にいて、その女の人よ」と私。「あら、そうだわ！」。こう母が言うと、「カメラを持っている従兄弟を呼んで来て。早く。この子の写真を撮ってもらうのよ。ほら、早く」と続けた。従兄弟はカメラを持ってやって来たわ。妹の頭にカメラを向けて写真をたくさん撮った。正面、横、後ろ、首やうなじ、従兄弟も気に入ったのね、何十枚撮ったかしら。できた写真を私たち二人に一枚ずつくれたわ、母にもね。しまって持っているわ。あっちの部屋のタンスに入ってる。

パリに着いたらルーヴルに行ったわ。美術館で本物の絵を見たことなんてなかったもの。ルイ・ダヴィッドの絵を探したの。ルーヴルにあるって知ってたから。あんなに大きいとは思ってなかった。ちょっとがっかりしたわね。サビニの女がよく見えなかったのよ。近づいたら、やっと見えた。そう彼女だったわ。彼女一人の複製画を買って、チュニジアの妹に送ったの。別にもう一枚を自分用に買って、それは従兄弟の写真といっしょにしまってあるの。でも、写真のほうが好きよ。見る？」

ファティマは黙ってうなずいた。少し前から立ったまま、ババッ卜に髪をセットしてもらうよう下のサロンに行くのを待っていたのだ。ヘンナで染めるにはちょっと時間が遅かった。ババットはタンスの抽斗を探して、写真とダヴィッドのサビニの女の複製画をファティマに見せた。おなじ髪型だが写真の妹のほうが軽快で重苦しくなくてきれいだ。サラはこのとき十五歳だった。ファティマは写真を返しながら、「でも、郵便切手ってサビニの女じゃありません？」。「ほんと？そんなのちゃんとは見てないわ、切手は貼るだけ、見たりしないもの。時間がないから手紙はそんなに書かないのよ。まだチュニジアにいた妹には書いたけど。母と二人の姉はフランスにいて、パリから近いし。電話しちゃう。ほとんど毎日、かけたりかかってきたり。だから切手なんて注意もしてなかったわ。さあ、下に行く?」。サロンに降りるとババベットは棚にあった封筒を取って見た。「ああ、本当、ファティマ、あなたの言うとおり。サビニの女だわ。サラも何も言わなかった。フランスの切手を貼った私の手紙は何度も受け取っているのにね。この次会ったときに言ってみるわ。さあ、座って」。ババベットはまだ封筒を手放さずに切手を眺めていた。そして会計の横の机に置いた。「なんでこんなヘアスタイルにしてるの? 悲しいわね」と言って、サロン用肘掛け椅子に一度も座ったことのないファティマを大きな鏡の前に座らせて、自分の姿を見させた。滅多に鏡をのぞいてみることはない。家の洗面台の上に斜めにひっかけた携帯用の小さな三面鏡を使うのは夫だった。鏡のなかのファティマの髪はうなじで持ちあげられ、顔の両脇を茶色い髪とほとんどおなじ色をした長めのピン留めで押さえて、ゴムで一つに結えられていた。バレッタや挿し櫛、クリップは持ってないの、とババベットは訊いた。持ってない、とファティマは答えた。女主人は自分のコレクションのことを話して、いつか見せてあげると言った。イチジクの木がある中庭で姉妹の髪をいじる時には、いつもきまって大きな籠を持っていって、籠のなかは小さく切った段ボールで仕切られていて、大きさごとに揃えた櫛、クリップ、バレッタ、ブラシ、そして母親が使う巻尺のように巻かれたとりどりのリボンが入っていた。いろんなサイズがあって、型破りなデザインのもの、骨、象牙、べっ甲、珍しい木でできたもの、螺鈿や寄木の細工をこらしたもの、彫り物をしたものなど、ババベットの収集癖を知っている人からもらった髪飾りを自分のコレクションとして全部取っておいたのだ。世界の隅々から集まったものだ。それとバベットが好きだったのは、髪の房を入れた旧いメダイヨン〔写真、毛髪を入れて首に下げる装飾品〕。ある日、骨董屋で色のちがう髪を組み合わせてデザインしたブローチ、指輪、ブレスレットのセットを見つけた。見たとたん釘づけになったが、値段を訊くことはしなかった。それから数日、そのことが頭から離れなかった。骨董屋の何人かの常連客に話してみた。買ったほうがいいと言ってほしかったのだ。客の女たちは蚤の市で見つけた櫛をよくバベットにくれた。たいていは冷やかしで市を覗くのだが、モントルイユまで行って、アラブ人がもぐりでやっている露天の店で素晴らしいものを見つけたという者もいた。バベットは一週間、毎晩真剣に考え抜いたあげく、値段を訊く決心をした。骨董屋がそのセットにつけた値はとても高かった。前金を預けて、ひと月後の誕生日には櫛ではなく、こうして代金の一部を支払ったこのアクセサリーのセットを夫に贈ってもらおうと考えた。夫はチュニジアとの輸出入業を営んでいた。その頃の商売は順調だったが、その前はすっからかんになってしまい、八カ月はバベットが家計を切り盛りしてやっと一発当たって最悪の状態を抜け出たところだった。夫はだから、バベットにサプライズのつもりで誕生祝いをするのだ。ある晩、アクセサリーのセットを持って夫が帰ってきた。さっそくつけてみたが、一週間経つともう飽きてしまった。家には置いておかなかった。友人が銀行の金庫に預ければと助言してくれ、それに従ったのだ。バベットは髪の房をアレンジした三点セットをファティマに見せることはできなかった。

　バベットはファティマの髪を結えるのに使った古いゴムを外して、髪を肩に広げてみた。前にヘンナで染めてからずいぶん経っているが、元々あった艶が残っていると女主人は繰り返した。髪の毛を一方の手からもう一方へとたぐっては触わって髪質を確かめ、おおかたのヘアスタイルをあれこれ試しながら、「きれいだけど、洗ってから始めるわね」と言った。バベットが話しかけるあいだ、ファティマは仰向けになって洗面台に頭を入れて、おとなしくしていた。こんなふうに人に頭を洗ってもらったことはなかった。小さかった頃、編んだ長い髪を太い歯の木の櫛で梳かすと必ず途中で髪が絡んでぎしぎしになって、母に手伝ってもらわないとそれがほどけなかった。バベットはプロの手つきで指を動かし頭部全体をゆっくり力強く揉んでいった。ファティマは目を閉じてバベットのおしゃべりを聞いていた。「わたしの仕事への愛情は旦那から見れば尋常じゃないんですって。バカンスで店を閉める前には友だちの髪をちゃんとしてあげて、休暇先にはマネキンヘッドとウィッグを二つ、ブロンドのものと茶色のものを持っていくの、お客さんがくれた本物の髪で私がつくったウィッグよ。すごくいいんだから。いつでもどこでも使えるし、暑くて外へ出られない時はホテルの部屋にこもってウィッグでいろんな髪型を試すの。地中海クラブで旅行する時は着いたらすぐ美容室がどこだか探すのよ。どうなるか何度かはやってもらうけれど、結局ちょっと手伝わせてっていつも言っちゃうのよね。そうしたいんだから。おまえは他人の髪の毛をいじりながら店で死ぬんだなって旦那は言うけど、そうよ、それは本望よ。テニスで汗を流した後は、彼はブリッジかポーカーをして、わたしは美容室へ行くの」。ファティマはほとんど寝入っていた。バベットは熱いタオルでファティマの髪を乾かした。真ん中の椅子にファティマを座らせた。ファティマは鏡のなかのバベットに微笑んだ。微笑んだ自分を見ると、娘のダリラに似ていると感じた。その時は自分が若い娘のような気がしたのだ。バベットが髪を乾かしていた。もう話はしない。ドライヤーの音が声をかき消してしまう。ドライヤーを止めると、ファティマの髪を両手で捧げ物のようにしっかり持ちあげ、鏡のなかのファティマにそれを見せる。女主人が斬新なヘアスタイルをいくつか試したものの、最後にファティマは自分のゴムと二本のピン留めを差し出した。時計を見た。まだ間に合う。バベットはちょっと髪型を変えようと、髪留めでもちあげておいたファティマの髪を戻して素早くまとめた。ファティマはその前に試した別の髪型にはしたくないと言い、あなたにあげるわ、とその時つけてくれた櫛もファティマは断った。バベットは美容師が着けるピンクの上っ張りを脱ぎながら、ファティマに髪をカットしてあげたら髪の毛をくれないかと訊いた。いいですよ、とファティマは答えた。家に戻ると、午後のあいだずっとサロンの椅子で過ごし、女主人に髪を洗ってもらったことは誰も気づかなかった。知らないうちにそっと観察している注意深いダリラでさえ、その日は気づかなかった。翌日の辻公園で、バベットからもらった格子柄スカートの柔らかい布地の感触が頬に心地よくても、ダリラは母親に何も言わなかった。

ダリラは我慢できずにいた。ファティマは脇腹辺りで娘がごそごそ動くのを感じていたが、ほかの女たちとおなじようにおしゃべりをしたかった。フランス、とりわけパリに初めてやってきたアルジェリアの家族のことを話したかったのだ。自分がいなければ何も動けなかったと、郷《くに》を離れたことを自分に許すように……郷の親類が来れば四の五の言わずに相手をしなければならなかった。一週間、あるいは二週間、ときには三週間、つきっきりでパリ見物をしたあとには、ほっとしたことに、そこには辻公園のいつもの女友だちがいた。

誰かが話を終えようとすると、すかさず別の誰かが続いて話しだす。ダリラは音を立てずに足踏みしていたが、母親は腰で突いておとなしくするようにと合図した。女たちは郷の従姉妹たちとヴェールについて、ダリラが驚くほどに興奮気味に話していた。従姉妹たちはとっておきのヴェールやハイク〔女性が全身を覆い隠す長い布〕を纏ってアルジェやオランに向かうのだが、フランス行きの飛行機や船に乗り込む直前にそれを外して丁寧に折りたたみバッグやスーツケースの奥に忍ばせた。スーツケースの中身を出すときにヴェールはそのままにしておき、そんなもの知らないと言わんばかりにフランスでは一度たりとも身につけないが、アルジェリアに戻って港や空港に着くとすぐさま着用しなくてはならず、だからいつでも「手元に」なくてはならないのだった。輪の中の友だちの一人が、十三区のギャラクシー〔イタリー広場にあったショッピングセンター。現在のイタリー2〕で丸一日過ごしたあと、怒り心頭で家に戻ってきたアルジェの従姉妹の話をした。連れてきた小さな娘たちが自分のハイクで遊んでいるのに出くわしたときのことだ。娘たちは鏡のまえで、柔らかな布地でできた大きすぎるハイクをかわるがわる体に巻きつけて遊んでいた。思いどおりにならないひだを手繰り寄せてはポーズをとって、ヴェールがずり落ちるたびに女の子たちは服が脱げて裸にでもなったかのようにはじける笑い声をあげ、踊り場にいたほかの子たちは鏡のまえで何が起こっているのか見に駆けつけた。女の子たちは売り場から大きな布を探してきてアラブ女の変装ごっこを始め、売り場の棚のまえで母親とその友だちが話す内容よりも、その話し方を真似てしゃべっていた。アルジェリアから来た従姉妹の娘といっしょにいたフランス育ちの娘たちは、ヴェールをつけた母親を見たことがない。知っている子が知らない子にやり方を教えていた。むずかしいのよ、すごく長くて、手繰ってもすぐ床に落ちちゃうから汚さないようにね……腕と手をうまく使って布を頭、顔、胸、体全体に巻いて、はさんで伸ばして裾をしっかり留めるの。女の子たちの体はまだのっぺりしていてハイクがうまくつけられず、アルジェリアの娘はフランスの娘たちのぎこちなさに苛立った。

　女の子たちはヴェールをかぶって輪になって売り場の棚のまえに立ち、三角形に作った隙間から片目だけ出したり両目を出したりして、ヴェール越しにかろうじて聞こえる奇妙な言葉、どこの言葉か分かる音というより途切れのないひきつれるような囁き声を交わしていたが、そのとき、アルジェリアの娘の母親が突然そこに現れたのだった。母親は自分のハイクをまとい床にひきずっているフランスの娘たちの一人に突進し、その娘はというとハイクで面白半分に遊ぶ子の群れにものすごい面相で突進してくるこのアルジェの女に呆気にとられ、ハイクをいっそうきつく握りしめた。アルジェの女はハイクを思いっきり激しく剥ぎ取ったので、女の子はわっと泣き出した。彼女は自分の娘に平手打ちを喰らわせた。娘は母親のスーツケースからハイクを取り出すという罪をおかした。パリの街中でも帰って寝るだけの家でもハイクはつける必要がないので、母親は荷物の一番奥、スカーフの下にうまく隠せたと思っていたのだ。ふざけて遊ぶ女の子たちの一部始終を踊り場から見ていたいっしょにやってきた近所の友だちは、アルジェの女のせいで自分の娘が泣き出したので、これを家に戻るための格好の口実とした。娘の涙、自分のハイクを手にするアルジェの女、怒りでひきつったその顔、それがどんな結末になるか待たずとも分かる。説明は聞かず、アルジェリアの親類たちを野蛮人扱いし始めた。あんな国なんて二度と戻らない、五年か十年に一度フランスに来るからって自分を垢抜けていると信じている野蛮人といっしょに暮らすより、異国の地で祖国を想って死ぬほうがどれだけましかと、声を限りに叫んだ。アルジェの女もそれに負けないくらい激しく、ハルキ〔アルジェリア戦争でフランス軍についた現地人〕、祖国の裏切者、独立国アルジェリアに相応しからぬ者、と叫び返した……女の子たちはヴェールを外して、この応酬を見まもっていた。二人の女は取っ組み合いの喧嘩を始めたが、どうにか引き離すのに成功した。そのとたん、近所の友だちはアルジェの女からハイクをふんだくり、彼女たちの叫び声は激しさを増した。立ちすくむ女の子たちの足元には二つに引き裂かれたハイクが残った。破れた布とアルジェの従姉妹とその娘、近所の友だちとその娘、フランスの従姉妹とその娘たちを現場に残して、周囲の者はすでに立ち去っていた。

フランスの従姉妹は、これとおなじくらい上等なハイクがバルベスにもあるから、店を知っているからアルジェの従姉妹に一枚買ってあげるわ、とアッラーに誓って二人の女をなだめた。近所の友だちはその場をあとにしながらアラビア語でまだぶつくさ罵りをやめず、アルジェの女は引き裂かれた二枚の布を手に椅子にぐったり座り込んだ。泣きやむようにと布の一方を近所の友だちの娘に、もう一方をフランスの従姉妹の娘たちのうち一番年少の子にあげた。アルジェとフランスの従姉妹どうしの二人の女は翌日、朝早くからバルベスに出かけ、家族の祝い事や結婚式、割礼式や羊の祭りがあるときに外出しない妻のために男たちが買いに入る、オリエンタル風の布を外に吊るした店という店すべてをまわる羽目になった……二人はシャペル大通りとオルドゥネル通りのあいだ、店がある通りはすべて隈なく探し、イスレット通り、ポロンソー通り、シャルトル、シャルボニエール、ラグアット……オラン通り、スエズ通り、ミラ通り……とにかくあらゆる通りを歩き回った。夫と連れ立ってしか来ないこの辺りのことについてはフランスの従姉妹は詳しくなく、しょっちゅう通りを間違えた。あらゆる店に入った。どの店にもヴェールがあるわけではなかった。アルジェの従姉妹はヴェールを広げてみるがどれも気に入らなかった。最後に、店の奥の壁に立てかけられた端切れ布の山のあいだから見つけたハイクを試そうとした。しかし、布がよく見えない。カフェによくある「スタッフ専用」のプレートのあるドアに掛かった、ほんの小さな鏡で確かめるしかなかった。フランスの従姉妹はバルベスを歩き回ったせいでほとほと疲れ果てていたので、これをすごくいいと言っておだてて、たいしたことのない質の布地に釣り合わない金を支払った。家では男たちの前ではヴェールの一件については口を閉ざし、女の子たちは大人の秘密を固くまもった。男の子たちと大きな従兄弟たちはその午後の顛末を知る由もなかった。

「あら、どうしたのよ？　そんなふうに動いちゃだめ。おしっこ？」。「ううん」。「じゃ、何したいの？」。ダリラは母親のほうに顔を上げ、小さな声で答えた。「それでムスタファは？」。母親の友だち連中はもう話をやめていた。ダリラは女たちを見ていなかった。ファティマは娘の頭に手をやり、意固地な顔つきで答えを待っているその目をじっと見つめて言った。「ムスタファって？　どのムスタファ？」。「病院にいる……」。「ああ、忘れてたわ！」と二週間前、アイシャの話をしていた母の友だちが叫んだ。彼女はダリラのほうに身を屈め自分のほうに顔を向かせると、ファティマが撫でていた巻毛をさわりながら言った。「全部聞いてたのね。いつもいっしょにいたものね。ほかの子たちと遊ばないの？　ほら、みんな声を出して走って飛び跳ねて笑ってるわ、喧嘩もするけど、あなたはずっとここにいて、おちびさんなのにおばあさんみたいだわ。ずっと話を聞くだけで口は出さないし。おばちゃんたちの話は面白いの？　さあ、みんなと遊んでらっしゃい」。「いや」ダリラはつぶやくように言った。「いや」と相変わらず強情に繰り返した。母親の友だちは笑い出し、ダリラの巻毛を軽くひっぱり、ファティマの純毛のスカートに押しつけていないほうの頬を撫でた。「ムスタファのこと、忘れなかったの？」。「病院にいるんでしょ。ショウニカ病棟」。「なんて記憶力なの！」

するると突然、いっせいに女たちの頭は叫び声のほうに向けられた。何が起こったのか見ようと、ダリラは母親の腰から離れなければならなかった。子どもたちがすでに集まって口論をじっと見ている。四千戸シテではしょっちゅうあることだった。団地には年長の男の子たちがたむろしている、あえて誰も行こうとしない一画があった。辻公園の常連はいわんや、四千戸シテ担当の私服警官も口出ししない侵すべからざる危険な縄張りだった。警官は、乱闘が激しくなってナイフが抜き出されるのを見計って踏み込むのだった。警察署の事務室の抽斗はそうして押収したあらゆる形、色、長さのナイフでいっぱいだった。拳銃はほとんどない、あるのはナイフや短刀、カッターなどで、小さい子どもが森の木に矢印をつけるために小刀を持つのとおなじくらい自然に持ち歩いていたものだ。武器を持ってるな、と警官が怒鳴って脅すと、「武器じゃない……カッターだ。刺すためじゃない、切るために持ってるんだ」。警官は折り畳みナイフを没収したが、シテの連中のポケットが空ではないことも知っていた。

警察の車はまだ見えなかった。言い争う声は辻公園の一番奥にいる女たちの輪にも届くくらいで、そこからはかなり遠くで起こっていることも、木立がないから場所を動かずに見ることができて、コンクリートで覆われた地面では草木が生えても弱々しく、貧相な枝葉のあいだからファティマたちはこうした喧嘩のなかに自分の息子がいるか心配そうに注意深くさがすのだった。たとえ見つけてもほかの女たちにそのことは言わなかった。警官二人に押さえられて乱闘の群れから出てきて護送車へと引っ張られるか、敵対するグループからも警官からも逃れるか、次に何が起こるかじっと目を凝らして待っていた。女たちは辻公園でおしゃべりはするが、その子どもたちまでは、とりわけ年長の子たちは誰が誰だか知らなかった。ある年頃になると男の子はシテからいなくなって、食べるものがなくて本当に空腹のときか眠るためだけに帰ってきて、それもしょっちゅうあることではなかった。

どの女もそれぞれ叫び声に耳を澄まし、姿かたち、顔を見分けようとしたが、着ている服、とりわけブルゾンのせいで誰だか見分けられなかった。乱闘する男たちはみんなジーンズにブルゾン、カウボーイブーツかスニーカー姿で誰でもみんなおなじだから、仲間や兄弟のものとおなじようなブルゾンから息子だと見つける鋭い眼力が必要だ。素材、それから色、丈の長さ、肩当てや肩章、ポケットの位置、貼り付けポケットか縫込みポケットか、ジッパー、金ボタン、銀ボタン、鋲、バッジ……そんなことが母親には息子を見分けるしるしになった。母親は見間違いなどしない。ファティマの息子たちは乱闘しあうグループに入るにはまだ若すぎた。もっと先……もっと先のことだから、しかしファティマは何も分からなかった。息子たちはコレージュの時間割の縛りがなくなればすぐに監視の目が届かないパリへ行ってしまうのだから。揚げ菓子を手にしたムルードにダリラが出くわしたのもそういうわけだったし、ダリラは家出してからも弟たちとこっそり会うことになるだろう。

対立する二つのグループが小競り合いをしている最中だった。どちらがどちらのグループか、着ているものだけでは分からない。サン＝ミシェルの泉のまわりや、メトロのシャトレ駅や、ストラスブール・サン＝ドニ駅のベンチに座っている郊外の男子とおなじで、Gジャンの腕を捲りあげたときに見えるよう、手首から前腕にかけてタトゥーを入れているかいないかのちがいはあるものの、みんなおなじ服を着ていた。目じるしになるのはむしろ顔、肌の色、髪の毛だった。一方のグループはフランス人とポルトガル人。フランス人は白人でニキビ面、しょぼくれたリーゼント、髪は牛の尻尾のような色か汚ないブロンド。対してポルトガル人はたいていごわごわした黒髪で、四角張っているがきりっとしない顔かたち。もう一方のグループはアラブ人で、つまり北アフリカに由来する子たちだったが、圧倒的にアルジェリア人で占められ、くすんだ顔色、褐色の髪はみな一様に天然パーマで巻き毛だったりちりちりに縮れていた。ベルベル人か北アフリカのトルコ系の血をひく子でブロンドの髪をした者もいるが、そういう子は稀で、ブロンドや明るい色の目をした子が生まれるとマグレブのどの家庭でも心ならずも誇らしく思うのだった。アラブ人グループに一人だけ髪がブロンドの子がいるので、辻公園のアルジェリア人のその母親だけは自分の子が見分けられる。その女の二人の息子は確かにブロンドで緑色の目をしていたが、彼女には全部で六人の子どもがいて、うち二人は祖母とアルジェリアで暮らしていた。祖母はバスチーユのブラッスリーで料理人をしている息子、つまり女の夫からの毎月の送金で孫二人を育てていた。敵対するグループと殴り合うアラブ人グループは「ビコ」とか「ブーニュール」などと蔑んで呼ばれるので、自分たちも「フランガウィ」〔アルジェリアでのフランス人に対する蔑称〕、「ポルト」と敵を呼ぶのだが、母親が見たところではアラブ人グループのなかにブロンド、つまり自分の息子はいなかった。みんな、褐色で巻き毛だった。アラブ人組の髪型は「白い《ブラン》の」ほどは熱が入ってない。リーゼント組は額にかかる前髪がうまくもたず、毎時間ごとグリースやポマードなど何らかの整髪料で垂らした前髪を手直ししなくては崩れ落ちてしまっていた。アラブ人組でリーゼントにする者がいれば、フランス人とその徒党よりも前髪部分が短くなった。彼らの好みは顔のまわりにボリュームをもたせるアフロヘアーで、こちらのほうが多分強面《こわもて》に見えるのだろう。グループがときどき仲間に加えたアンティーユ人のようなもじゃもじゃ頭が好まれた。母親たちは理容師に文句を言うのもやめた。というのも理髪店で息子たちの髪を揃えるのは研修で働いているフランス人の女の子たちと知っていて、息子たちが三カ月とか六カ月おきに伸びた髪をカットするときにはたまたま研修をしている女の子が息子の彼女だったりすると、自分の好みにカットしてもらうからだ。春になってもう寒くなくなれば彼らの縄張りに女の子が入るのを大目に見て、葉をつけた灌木の茂みのしたで髪を切ってもらったが、偵察係の男の子や知りたがりの母親が茂みの背後からそっとその様子をうかがっていた。

母親は息子を見れば、ダニやノミがもとでかかってしまう最悪の病気を口にして脅した。「ちょっと見せて」と母親は息子に言う。息子は鶏の腿に喰らいついているか、買い置きしても父親には内緒にしているビールを探しているかだ。「ちょっと見るだけだから……すぐ終わるわよ。ノミ除けの薬をつけてあげる。チビたちが学校でつかまえてきたのよ、《ランティノル》をつけたの、そういう名前の薬。刺されなくなるから。ノミがいなくなるの、そしたらここからノミを持ち出すこともないし。いるかどうか見てあげる。ほんの少し我慢して」。母親は息子にそっと近づいて頭に手を伸ばすが、どの母親も髪に触ることがなかった。息子がそれを許さないのだ。母親がそれを避けながら近づけば、「触るなよ、あんたのノミとは関わりたくないって。自分のノミは自分で始末するよ」。頭を両手かめくっていた新聞で押さえては母親のノミ退治を阻止する。母親は息子の頭の虫探しをすぐには諦めず、シャワーを浴びろ、頭を洗えと命令する。「ノミは清潔な髪の毛にはつかないんだから」と裏づけとなる主張をする。「シャワーを浴びろっていうんなら浴びるよ」。母親はまた攻撃を開始する。「チビたちが戻ってくるまえにしてよね。私は買い物に出かけるから。うるさいのがいなくなるわよ。《ヴィッシー》のシャンプー、ファミリーサイズを買っておいたわ。けっこういいわよ、目に入っても痛くないし。さあ、シャワーを浴びて」。息子は返事をせず、聞こえなかったふりをした。母親は出ていく。母親が戻ると浴槽の排水口にくるくる巻いた毛が詰まっているので、息子がシャワーを浴びたことが分かった。男の子はシャワーのあと浴室は使いっぱなしで、濡れたタオルもドアの後ろに放りっぱなしだ。洗面台のそばに下着が無造作に置かれているから、息子がシャツを取り替えたのも分かっている。パリに出かけて夜遊びするのだろう。

揉め事にはたいてい、シテのグループをよく知っている私服警官が送られて来た。自称「今風のサツ」と冗談めかしていたが、「シテの連中のしゃべり方ができてすぐに殴ったりしないサツだ連中はもともとネタが悪い不良で親にしこたま殴られもせずほったらかしにされた気の毒な奴ら大概がそんなだこの辺じゃとくになそれに北アフリカ《ノラフ》のところじゃとりわけそうだ子沢山で親の権力なんてとっくにないここいらの親父を他所と比べてみろ惨めもいいとこだ連中は親父なんて尊敬してないからあいつら何も誰も尊敬してないでもあいつら相手にしゃべれることもあるいつもじゃない決めつけが激しいし性格も悪いしなだけど警官には根気がいるし四千戸みたいなシテで勤めるんだったら相手が誰かって知っとかないとミスったらアウトだ最後はシテの連中のなじみになるさ言いたいことも言えるしちょっとは説教もできる署に呼び出されたり顔を知られるのは結局得だって知ってるから時間どおり現れるとは限らないが時間守るって考えがないから警官の仕事をちゃんとしたいんだができないんだよガキ担当の判事には取調室の調書を見せて脅すぜ学校フケたり悪さをしたり仲間とつるんだり一人でもスーパーや倉庫で盗みを働くしすると調書を書くふりして脅したりするがカンペキ無視する輩もいてそういう時はマジで調書を書いてそうするとそいつは立派な犯罪人だ手続きが順繰りに進んで再犯だったらもうアウト何度も通報されて無視したら確実にそんなやつらは二度とこの辺で顔見なくなるしいなくなるパリで悪さをするんだろシテじゃ狭すぎるって半年か一年経ったらパリで出くわすからアルジェリアに何カ月かいたって話も聞くし国外退去くらったんだかそれとも行方をくらましたかったか兵役かムショから戻ってくることもあるムショの場合は繰り返すぞ窃盗で捕まって四カ月から六カ月だ三カ月だったら猶予つきだがおしまいだなムショは癖になる少しの間はシテにたむろして荒し回っていなくなるダチをチクった奴に仕返ししてそいつをムショにぶち込んだアルジェリア人どうしでは

それはしない仲間意識が強いからたぶん戦争のせいだな戦争をしたのは実際は連中じゃないけどな四千戸じゃそんなの当たり前になってるパリに出かけて物乞いしてメトロでスリをやるんだ気づかれないうちに財布をうまくかっさらうんだがスリは複数で組んでベテランのとまだ若いのと若いのもそのうち立派に仕事するようになるそれからワルの道まっしぐらだ裁判所の待合室でもう出くわさなかったらそいつは病院だヤク漬けだって四千戸には山ほどいる徒党を組んで悪党やってそのうちヤクがやめらんなくなるパリに行ったやつが仲間から噂を聞いてくるストラスブール・サン゠ドニとかサン゠ミシェルとかだ若いのはバルベスに行かない行くのは親父ら一昔前の世代だね売春宿セックスショップやポルノ映画そんなの興味ないしなピガール゠アンヴェール辺りで売春してる奴らも知ってるあの辺に立ってるのは男娼だたいていはヤクを買う金を稼ぐのに商売してるそういう奴らがそもそもヤク売りだがねみんながみんなこんなふうになるとは言ってないぜだがここに来てもう十年経ってその間の記録を見れば全部分かる何年も前に何が起きたか全部とってある全部兄貴にひきづられてワルになったのもいるもちろん仲間に引っ張られたのも統計はないがたいていはシテの子どもとくにアラブ人が一番多い北アフリカの家はどうしようもないポルトガルやアンティーユはそんなに子どもを作らないで郷《くに》に戻すアラブ人の子どもばかりだそこいらの道路で遊んで育つ学校もどうしていいか分からない大きくなればすぐサボるし授業時間にうろついているガキどもをよく捕まえるしなそいつらを親のところに連れて行くと父親が

いれば怒鳴りまくって滅多打ちだ父親がいなくて母親だけだと泣いてばかりだ何もできないし息子は言うことを聞いてくれない父親が殴ってもそんなのどうにもならないと言うだけアルジェリアじゃ親の威厳なんて失くなっちまってるまだあると思ってるんだろうがフランスじゃだめだ社会現象だから悪い奴らは理屈で判らせないと警察に呼び出すのは殴るためじゃない話すためだ外でもおなじだ奴らと話そうとしてるんだ武器は持たない制服も着ないだがいつ危険な目に遭うか分からないから拳銃を背中にベルトで留めて上着で隠して持ってる気づかれないからな万が一のためだ何も聞こうとしない強情っぱりと揉み合ったりなこっちの言うことに返事しても礼儀がなってないするとと咄嗟に平手打ちを喰らわす自分の息子と思っちまうんだ悪ガキに一発浴びせた同僚がいる侮辱されたからだ同僚は殴られるところだった何度も殴りかかってくるのを避けて一発は喰らったが父親から何発も殴られているんだろうだがそのガキの父親は仕事の事故で身障者だいやちゃんと確かめてはいないがそうだと思うねなんだかんだで怪我して働けなくなった親はたくさんいる最後は年金が出るからなガキどもは羊が喉を掻っ切られるときのように叫んでるんじゃないか奴らが何を言いたいんだか知らないがとにかく体罰で懲らしめないと父親が折檻したのとおなじだ奴はごろつきの種子《たね》で骨まで腐ってるあっという間にシテからいなくなって仲間といっしょに宝石店の強盗を何度もやらかした仲間はずらかったが奴は捕まっちまって警察からムショ送りだ親は息子が何したか一度だって警察に来ない話して聞かせても関係ないって態度で父親

はあれはもう自分の息子じゃないと言い母親はおれたちには何にも言わないがある朝部署に来て息子に会えるかムショの住所を聞きに来て署に聞いてったのは知ってる旅行カバンを持って歩いてたそうだ着替えを差し入れるんだろ同僚が奴を滅多打ちにしたあと行方をくらまさずにここにいたら奴にはもっと酷いものになっちまうある午後部署で発作を起こした坊主がいて同僚に殴りかかってそこいらのもの全部壊してそいつの上に馬乗りになって押さえ込まにゃならなかった救急車を急いで呼んで結局は精神病棟入りだまだ入ってる誰も面会に行かないだろうよ母親は子どもの半分を連れてアルジェリアに戻っちまって父親は困り果ててるだろうよ仕事があるから残った子どもは誰が面倒見てるか知らないが学校には行ってる社会保護士がときどき見に行ってるが一体何ができるってか父親は下の小さい二人を施設に預けるだろうな長男は母親とアルジェリアに戻らないように引き留めたジュンヌヴィリエに従兄弟がやってるカフェがあるからいい歳になったらそこで働かせるだろうカフェで働き出したら学校には行かなくなるに決まってるそんなふうにやっていくかどうかなんていちいち確かめたりしないそんな暇ないからな……」

敵対する二つのグループは罵りあいお互いに挑発しあった……鋲が打たれた黒いブーツの片足がさっと宙を切り、その一撃はよける間《ま》もなくフランス人グループの少年にまともに当たった。体を二つに折ってしゃがみ込み、ジーンズの前開きのところを両手で押さえ、うめき声を必死にこらえたがあまりの苦痛からやり返すこともできなかった。仲間のポルトガル人がアラブ人の少年に飛びかかって要点のみの口上をぶった。「このゲス野郎、卑怯者……全部おまえの妹、あのあばずれのせいだ……」。そばにいた仲間の一人は首の後ろを押さえ込まれていたが、敵の腕をふりほどいた。徒党をなす少年たちはみんな、格闘技を身につけていたがその道を極めようとする者はごく稀で、覚えた技をかなり自己流に使っていた。仲間は敵から逃れると同時に叫んだ。「そうだ、おまえの妹は安っぽい娼婦だ。いい面したスケだ。男の気を引こうとしなを作って、一丁前の淫売だ。ああいう目に遭うのも身から出た錆だぜ……」。そこに右ストレートが思いきり当たった。ボクシングのトレーニングセンターでがむしゃらに鍛えているアラブ人グループの一人がすかさず、「おまえのいかした面を見ろよ、このジャブはおれの妹のためだぜ、ほら一発、もう一発、四つん這いになっておまえの金髪の巻毛を手入れしな、どんな面にしてやったかじっくり見てみろよ……妹に血を見させたのはおまえだ、おまえも血を見ろ、おまえのかわいい面をめちゃめちゃにしてやるぞ」。こう息巻く少年も腰に蹴りを入れられて、女の子たち、そして自分の妹を夢中にさせる美男のポルトガル少年の顔をめちゃくちゃにしようとした激しい乱打の手を止めねばならなかった。二人のアラブ少年に背中で両手を後ろ組に押さえられていた別のフランス少年がもがきながら、こう続けた。「ズベ公、とくにブーニュールのズベ公、つまりおまえらの姉ちゃんや妹をちゃんと見張らずに野放しにしとくからこうなるんだぜ、おまえらの女はカマトトぶって男をそそのかすがうまいな、とくにおまえの妹をしっかり見張っとけよ、おれたちと出くわすといつだって追っかけ回してついてくる、仲間を引き連れてな、ピチピチのジーパンを見せびらかして、腰ひねってよ、誰が目当てかって、おれたちじゃない、ロメオだよ、だが奴のためだけじゃないぜ、自分がものにしたらおれたちだってやっていい、そうロメオは言ったぜ、おれたちに誓ってそのとおりになった。モノホンのダチだよ、ロメオは。おまえの妹がおれたちを追っかけまわすのは奴が目当てだってのはちゃんと知ってたさ。奴に言ったぜ、「ほらロメオ、行けよ。あれはいい女だ」。奴は分かってたし、おまえの妹も分かってたんだろ。二人は何日もずっといっしょにいちゃついてた。ある日の午後、土曜だったな、ロメオが連れていった地下室に行って、みんなでやったんだよ……」と、背中に蹴りを入れられて咳き込んで話は途切れ、二人に押さえ込まれたまま地面に倒れた。ほかの少年たちはもっと向こうで殴り合っていたが、パトカーのサイレンが聞こえ警官の姿が見えると乱闘がたちまちやんで、少年たちは姿をくらました。じっと動かず始めからこの光景を見ていたアルジェリアの母親たちは乱闘騒ぎのなかに息子がいないのを確認して、警察が来たのでチビたちを呼んだ。だが、これはおとりだった。

するとまた、罵り合いがおなじように始まった。蜘蛛の子を散らすように逃げたのが刺激となったのか、対立していたグループは面と面をつきあわせ、チビたちが呼んだのだろう、それぞれ人数が一人か二人ずつ増えていた。激しい殴打、叫び声、怒号、痛めつけて片をつけようと激昂する……アラブ少年だろうかポルトガル少年だろうか、ポケットから折りたたみナイフをさっと取り出し、一瞬にしてフランス少年の腿を突き刺した。母親たちは刺された少年が倒れ、ほかの子たちが逃げ去っていくのを目撃し、アルジェリア式の叫び声を控え目にあげたが、母親の一人が現場に駆けつけた私服警官から逃げようと走っているのは自分の息子だと気づいて声を上げるのを止めた。母親は殴り合いの現場へ飛んでいこうとしたが、友だちがその腕をつかんで制止した。喧嘩の場からみなが逃げ去っていた。大腿部を刺され、地べたに伏せた少年に四人の警官が身を屈めていた。さえないリーゼントのフランス人だった。痛むのだろう、うめき声をあげていた。応急手当ての講習を受けてちゃんと覚えていたにちがいない、警官の一人が止血処置をした。無線で呼んだ救急車がすみやかに到着した。刺された少年はここだ、乱闘騒ぎの連中も知っている、けれどナイフで刺した子は……そのうち分かるだろう、刺されたフランス人の小僧から聞けば、警官は連中の仲間じゃないし、聞き出すのはたやすいことだ。傷は深かった。部署にいる救護専門の看護師では間に合わなかった。一番近い病院へ少年を連れて行った。検査と手当てを済ませ、警察は申告書を作成した。

少年の名はフレデリック（Fréderik）、cではなくkだと申告書用に何度も繰り返した。仲間にはフレド（Fredo）やフレッド（Fred）で呼ばれている。職業リセで溶接の職業適性証書（CAP）の免状を取る予定だがこの仕事には興味はない、と警察の部署長に説明した。工場勤めはしたくない。親父みたいなクズになるのはいやだ。ときどき学校をサボるのもそのせいだった。目立つほどフケてはいない、けど校長《パトロン》が文句垂れはじめて目をつけられてる。コレージュの校長《プランシパル》を「店の主人《パトロン》」と呼んで話したとき、警官は一瞬話を止めようとしたが、そのまま続けさせた。中断したらそのまま黙ってしまうだろう、そうしたら取り調べに必要なグループの中でナイフを持っている者、グループの連中がこれまでしてきた愚行の数々、それにナイフで刺した少年が誰か知ることができなくなるだろう。フレデリックは自分がどんな仕事がしたいのか分かっていなかった。仕事なんてどれもしたくない、けど工場で働くのは嫌だ、それだけは確かだった。「ほかの仕事より悪くはないぞ」と警官は言った。「それと配管工、おまえはいやだろうがこれは稼げるぞ。独立できるからな、すぐにではなくても最後は自立できる職人だ。配管工はいつだって必要だがその数は減っている、いい職だ。ああ、おれは溶接を習った、溶接。配管工はどうだ？」。「いやだ」。「そうか。で、せっかくだ、おまえが例の地下室の騒動にいたかどうか知りたいんだ、おまえの仲間とバヤ、アルジェリア人のカドゥールの妹の件だ。ボクシングをやっていてバイクいじりが趣味の修理工見習のカドゥールだ、ヤマハのバイクを買うのに稼いだ金は全部貯金すると言ってたなあ。何年働かなくちゃならないかな、一番でかくて一番かっこいいのが欲しいって言うんだから。それで……質問はそこじゃなくて別の、聞いてたよな?」。「ああ」。「で?」。「で、何もないさ」。「何もないって? 注意しろ、坊主。やさしくしてるからって甘くみるなよ。おまえのような洟《はな》たらしが。良く聞け。すぐに答えるんだ、それから本当のことを言え、そうすりゃすぐ帰してやる、いいな」。「おれは何もしてない」。「でもいたんだろ、仲間といっしょに地下室に?」。「いないよ」。「なにぃ、おまえはいたって聞いてるぞ」。「誰から?」。「おい、質問するのはこのおれだ、おまえは答えるんだ。地下室で何があった? 誰がいた? 答えるんだぞ、いいか、報告書は書かない、腿の怪我のことでおまえの親には連絡したからな。お袋さんが迎えに来るぞ。家で見てもらえ、それほど大した怪我じゃない。コレージュに診断書を送るのを忘れるなと伝えてくれ。で、地下室のことを教えてくれ、はぐらかすなよ絶対。調べは始まっていてかなりの情報は仕入れたからな。さあ」

負傷したフランス少年は座りやすそうな椅子に座った。左脚には包帯が巻かれ、ジーンズは病院で脚に沿って縦に切り裂かれていたが、その脚を深緑色のビニール張りスツールにのせていた。台所によくある背もたれのない腰掛だ。警官の誰かが家から持ち込んだか、どこかから拾ってきたのか。少年は尻が痛かった、衰弱して顔色は悪くなり心は動揺し、脚は痛み、このまま家に送り返されたら横になるにちがいなかった。だが、警官は母親に会うのを優先した。家と仕事場に電話した。番号は息子から聞いていた。パリにある小さなブラジャー縫製の作業場だ。父親の帰りは遅く、少年は乱闘で鍵を失くしたので母親が署に立ち寄って必要書類に署名してから息子を連れて帰ることになる。電話では警察だと言わなかったが、遅かれ早かれこうなると母親には分かっていたのだろう。刺されたのが腹じゃなかったのが救いだと思った……でもどうやって息子の見張りをする？　ずっと誰かついていないと仲間を家に呼び出して、そしたら何が起きるか分からない。母親は仕事を休めないし……失業保険があるからって解雇とか免職とかされてはならないし……どんな口実でもいい、「マダム、私は児童保護課の者ではありません。社会福祉課へいらしてください……お待ちしています。私のオフィスで息子さんといっしょにいます。おしゃべりしてますよ。それでは、マダム」。母親はもう少し話したかったが、ミシンの上には二つ目のカップが待っていた。もう時間をロスしている。ミシンの針を刺しながら息子のことを考えた、一番年下でやさしく小さい頃は甘えん坊で、ほかの子たちは言うことを聞かなかったのに、なんであの子が。どうしてあんなふうになったのか母親には分からなかった。悪い友だちに引きずられた。でも外で遊ぶなと引き留めることもできなかった。災いのシテ。息子が悪いんじゃない、四千戸シテが悪い。一家は時を見計らって引っ越すはずだったが、夫は申請書を書かなかったし必要な手続きもしなかった、彼女もしなかった。子どもたちはほぼ全員シテで生まれ林立する団地棟のあいだで育った。性格は悪くない。でもすでに二人の息子が道を踏み外している。娘たちではなく息子たち。フレドも踏み外し始めた。仕事を終えた夕方、母親は誰にもそのことを話さなかった。いつもより急いで仕事場を出て、出口でおしゃべりもしなかった、友だちはいたがもちろん職場でしか会わない友だちで、昼の弁当をいっしょに食べたり通りの向かいにあるビストロのカウンターでコーヒーを飲むぐらいだった。レユニオン島〔マダガスカル島の東に位置するフランス海外県〕出身の若い娘で、肌の色が濃く少し厚ぼったい唇をしていて、その笑顔が好きだった。ジョゼフィーヌという名だったが仕事場ではジョーと呼ばれ、みんなジョゼットが本当の名だと思っていた。ちょっと世間慣れしていない娘だった。フレドの母親はできる限りのことをしてこの娘を助けて、実際のところ大したことはしていなかったが、ジョーはしっかり守られている気がして、組合に入るように言われてすぐに加入した。一方、北アフリカ、アンティーユ、スペイン、それとどちらがどちらか区別はできなかったが、ベトナムやカンボジアから来た移民の女たちは長いこと躊躇し、たいていは主任の圧力から加入を諦めてしまった。フレドの母親は仕事場で働いている男たち、倉庫係、そして管理部の人間もジョーに気があると日頃から感じていた。ジョーに視線が注がれるのに気づいた。彼女は男たちが何が欲しいのかを知っていた。パリに出てきたばかりの若い娘が職場でされるがままになって、管理部も主任も助けたり世話を焼いたりはしないので事がこんがらがって、すぐさま嘆かわしい物語になるのを一度ならず見てきた。もてあそばれ涙に暮れ、ほかの女たち、とりわけフランス人に嫉妬され、突然予告なしに、それも支払われるべき賃金の一部すら受け取れずに去っていく娘たちの悲惨な話をジョーに聞かせた。そんなふうにして、上の男から選ばれたと思っている娘たちは思い描くゴールとはまったく逆のくそいまいましい窮地に陥ることをジョーに分からせた。これら全部をいきなり話したのではなく、いつもじっくり話を聞いていたジョーは忠告どおりにして波風が立たないようにした。「仕事場に来るときは郷《くに》の誰か、兄弟でも友だちでも男の人といっしょに来なさい。それも頻繁にね。それで時々は仕事帰りに迎えに来てねって言うの。あなたには男がいるんだって分からせてやれば手出ししないから、結婚してなくてもそうするのよ、いいわね」。ジョーはフレドの母親が言ったとおりにした。作業場の男たち、職長も主任も以来彼女に近づかなくなった。

母親が署に着く前に、フレドは警官に午後の地下室の一件について話した。グループがそそのかし女と呼んでいるバヤ、対立するグループを仕切っているカドゥールの妹のバヤのことをたくさんしゃべった。カドゥールはほかのメンバーより年上のアルジェリア人でボクシングがうまかったのでフレドの仲間はみんな恐れていたが、機械修理が驚くほどうまかったので尊敬されてもいた。何でも修理できたが、あえてカドゥールに原付バイクを直してもらおうとは誰もしなかった。彼とはダチになりたかったがそんなふうにはならず、むしろ逆に敵対した。フレドはどうしてだかちゃんと分からずうまく説明もできず、カドゥールに初めて殴られた日のことを思い出しただけだった。アラブ人のことをみんなが呼ぶように「ブーニュール」と言ったからだ。侮辱でもなんでもなくてアラブ人を指すときはいつもこの言い方だったし、それを繰り返した、それだけのことだ。一発喰らうまえにカドゥールに説明する暇もなかったし、もし二人だけだったら違った展開になっただろう。殴り合いから始まって最後はダチになることが多かったからだ。そんなふうにして知り合いになるし、ロメオとダチになったのもおなじ、でもカドゥールとは始めが悪すぎたしロメオとの最後も悪すぎたり、それにカドゥールが自分にストレートをぶち込んできて、そのあと仲間みんなを引き連れて応酬しないと、自分がカドゥールにやり返さないと腰抜けとか女の腐ったのとか言われるし、だから仲間で殴り合いに行ってそれからは究極の宿敵みたいな感じになった……それにナイフで刺されたのは……警官がさえぎった、「カドゥールのことを話せとは言ってないぞ、あれはちょっとした有名人だ、おれも知ってる。グループの連中から聞いてるんだ。あいつが馬鹿をしでかすときはうまくやるさ。まだやつを捕まえるチャンスがないからな。しかし今度のナイフの一件は……調べるぞ。さあ、おれが今知りたいのはやつの妹のほうだ。続けろ」

フレドは苦しかった。話すと痛みが走った。母親は交通機関を乗り継いで一時間、いや一時間半も遅れている。警官は哀れに思った、おれは容赦なく乱暴をふるうサツじゃない、今風のサツだ。そして立ち上がって……「待て、いいものをやろう」。オフィスの棚の一つからコニャック、砂糖、コップを取り出した。コップに酒を注ぎ角砂糖を二つフレドに渡すと、フレドは二つ同時に口に含みコニャックを飲み干した。タバコも欲しいと言ったが、警官は持っていないと言った。職務中にタバコは吸わないことにしていた。警官はバヤのことを知っていたが、フレドが何を言うか知りたかった。コニャックがフレドを元気づけた。フレドのところから遠くないアルジェリア人の団地棟に住む娘だと言う。通りやシテの中庭、辻公園、コレージュに行くバスのなかでよく出会った。バヤのクラスの女の子たち、フレドとよくしゃべるフランス人の女の子たちはよく勉強ができる子だと言っていた。十四歳で第三学年〔日本の中学三年生に相当〕に上がり、数学がよくできてフランス語も素晴らしい作文を書いたが、教師が綴りの間違いをきつく叱っていた。外国語も問題なかったし綴りミスはフランス語より少なかったが、絵を描かせるとまるでだめ、けれど若い美術の教師はバヤがお気に入りで、女の子たちが言うにはバヤが美人だからで用もないのに、「いつでもどこでもバヤ、バヤってぞっこん……」とのこと。フレドたちがカドゥールを話題にするように、女の子たちはよくバヤの話をした。お高くとまってときに教師や監視人たちには横柄だったが、勉強がよくできるのであえてとやかく言わなかった。女の子だったら誰でもバヤの友だちになりたがったが、もちろんバヤは虚勢を張った。それに男の子たち、当然アラブ人はちがうが、とくにフランス人、ポルトガル人、アンティーユ出身者を軽蔑するとともに同時にそそのかしてもいた。

「たしかにバヤは美人だ。あいつらのなかでブロンドで明るい色の目ってのは珍しい」。フレドは実際はバヤの目が緑か青かちゃんとは知らない、間近から見たことはないし、クラスの子たちはバヤの目の色を青みがかった灰色とも深緑色とも言っていたので、はっきり何色と言えなかったし、それにバヤの目を見ようとしたのは地下室のときではなかった。バヤは臆病どころか蓮っ葉なところがあり、男の子と話すのも平気だった。兄のカドゥールはシテのアラブ人がするように妹を監視することなく、二人はよくいっしょにいて妹は歩道に立って、兄はバイクの前で膝をついて話をしていた。「カドゥールは妹を自慢していたんだろう。シテの娘のなかで一番美人だと思っていたし、みんなバヤは超優秀って言ってたから、もっともクラスの女どもがバヤは何をやらせても一番だってあちこち言いふらしてたけど。カドゥールはきっと妹を信用してたんだろう。頭のついてない尻軽女なんかじゃない。誘われた男とすぐにくっつくようなシテにごまんといる安っぽい女とはちがう……絶対に。バヤは女友だちを引き連れてシテを練り歩いていた……ロメオがいる団地棟の角まで来ると、仲間の女どもがいっせいに駆けつける。ロメオたちが待ち合わせ場所にしているところまでみんな、何食わぬ顔でやって来る。くっちゃべってけらけら笑って、バヤはおれたちを冗談のネタにする。いつでも人を馬鹿にする女だ。よく彼女に言い返してたよ。「注意しろ、あとで面倒なことになるからな」。するともっと激しく笑う。なんでだか分からないが、バヤは着るもののセンスが抜群によかった。高い服ってわけじゃなくうまくきめるコツがあって、セーターやジャケットなんかイケてたな。下はいつもジーンズとスニーカーだから関係ないけど。夏には仕立屋をやってる母親が縫ったスカートを履いてるってクラスの女が言ってたが、バヤの趣味がいいのはだからだろう。すらりとしたいい脚を見せてポルトガルの娘《こ》とはちがう、もちろんほかのアラブ人の娘ともな。おれたちに話しかける女はバヤだけだった。いつも遠くからだけど、おれたちに嫌味を言うからそれに返すとバヤは倍にして言い返してきた。ブーツや前髪にいちゃもんつけるときはボロクソだった。調子に乗りやがってあいつ。バヤはおれたちに目をつけてた。今度のことは自業自得だ。いい薬になる。本当はバヤはロメオにぞっこんだった。誰でも分かるさ。おれたちを馬鹿にしてもロメオにはしなかったし。変だよな……そのうちみんな気づいて、もちろんロメオもな。それになんて言うか、みんなバヤにはまあ気があったんだ。おれはロメオをちょっと妬んだぜ。おれのほうを振り向いてくれれば、ロメオにするみたいにしてくれればってな。けれどバヤはカドゥールとおなじ、敵どうしなんだ。

ある日、市《いち》の祭りのことだ。四千戸シテの若いのは男も女もみんなバンパーカー〔バンパーで覆った車をぶつけ合う遊園地の乗り物〕のまわりに立っていた。もちろんバヤもいつもの仲間といて、祭りだからってみんな化粧してるんだがバヤはちがう、髪の毛に櫛を何本か挿して櫛とおなじ色のきれいな羽根のイヤリングをつけてた。アラブ人は宝石に目がないけど。バヤが一番きれいだった、ほかの娘はヒールを履いたり口紅つけたり……なんでも試すが変わり映えしない。偶然、おれのすぐそばにバヤが来た。あんまり近寄るからドキッとするぐらいだ。ヘマはするな、このチャンスを逃すな、自分に言い聞かせたさ……バヤは周囲を眺めまわして、でもおれは目に入らない。ロメオを探してたんだろう。バヤに話しかけた。「どう、乗らない？　おれが払うよ。二回乗ってもいいぜ」。答えはこうだ、あんたにお金出してもらう筋合いはないわ。それにダサい男といっしょに乗るなんていやよ。かっとなって何も考えずに、このゲスのアラブ人と言い返した……そのとたんビンタが一発飛んできた……図々しいあばずれだぜ。おれは黙ってたよ。相手は女だ。女はぶたない。けれど自分に誓ったぜ、この祭りの日のビンタの借りはシテ全員の前でしっかり返してやるって。バヤはそれからどこかへ行ってしまった。その夜はバヤをもう見かけなかったけれど、おれはロメオといたんだ。あの女が二度と生意気な口を利けないようにしてやろうと仲間と決めて、ロメオはバヤを言いくるめて誘い出すと言い出した。ロメオもバヤに気があったから話は簡単だ……」

数週間後、ロメオはバヤのことをしゃべるときにしかグループの仲間と顔を合わせなくなった。
「うまくいってたさ、シテやバスのなかで、辻公園でいつも二人でいたから、でもそれから全然見なくなった。どこに行ってるんだと思ったよ。最初は文句つけようとロメオを探した。二人ともうまく隠れやがって、パリにずらかったんだとおれは思うね。水曜と土曜の午後は、バヤは夜出かけない。クラスの娘たちみたいにクラブに行ったり家に集まって騒いだりもしない。カドゥールは仲間といっしょにいるところをよく見かけて、その頃はおとなしくして喧嘩騒ぎもなかった。あの騒動が起きるまではどっちのグループも内輪で騒いでいただけなんだ。ロメオはおれたちを避けてて、バヤはシテの娘たちと出歩くこともなくなった。二人で何してたかおれは知らない。それでもある日、いつもどおり仲間が会う辻公園にロメオが飲んだくれたみたいに完璧にできあがってやって来たんだ。《おう、待たせたな。ものにしたぜ》。こう言うからにはそうだと信じたぜ。だがあとになってそれが嘘だとわかった。《今度はおまえらの番だ。計画を練ったぜ。準備万端だ》。実際はまったくのでたらめだった。あとになって知ったんだが、バヤはもうロメオに会いたくなくて、二人は言い争いになって、ロメオが怒り心頭でバヤより自分のほうがえらいこと証明したくて、仲間から裏切り者扱いされたくなかったからそう言ったんだ」

「ロメオの計画は罠みたいなもんだ。うまくひっかかるよう考えた。実際うまくいったさ。バヤといっしょにいるようになってから知り合ったバヤの妹に頼んで、シテのなかではおれたちのグループとこの二人にしか分からない場所に来るようにバヤに伝言を手渡したんだ。もし来なかったら自殺する、そう書いてあったはずだ。ロメオはお袋が家政婦をしている薬局から睡眠薬と興奮剤を盗んだってバヤは知ってるからな。お袋さんは知らない。バヤにしか言ってない。バヤはこれっぽっちも疑わなかった。ロメオはバヤに待ち合わせの場所と時間を知らせ、一時間過ぎたらいなくなる、最悪のことが起きるとつけ足した。午後三時半ちょうどにロメオがそこにいるはずだ。バヤは何度も伝言を読み返したにちがいない。《図書館にいるって母さんに言っておいて》。そう言って待ち合わせ場所に行くことにした。時間がくる前にしばらく一人で歩いてよく考えなくちゃならなかった」

フレドはコニャックに浸した角砂糖をもう一つつまんだ。警官は相変わらずタバコは与えず、出たり入ったりする同僚にそれをくれと頼みもしなかった。フレドは続けた。「ロメオがおれたちに計画を細かく話し、三時前にそこに集まることになっていた。一人六本の缶ビールを持ち込んで、全部で三人いた。飲みながらしゃべった。三人ともちょっと酔っぱらっていた。ロメオとパトリック、それにおれだ。機嫌よくしゃべりながら何度も時計を見た。バヤが警戒しないようロメオがまず時間どおりにその場所に着く。それからバヤが抵抗しないように押さえ込んで猿ぐつわを噛ませ地下室まで引きずっていく。場所はロメオがよく知っている。ヘマしないように事前によく調べてあった。何もわざわざバヤを痛い目に遭わせたくはない。ただあんなふうにおれたちを無視するとどうなるかちょっとわからせてやる必要があるし、あいつらにとっては娘が処女ってことは大事なことで、そうじゃなくなれば面目丸つぶれだからな。そうなることは誰でも知ってる。ただ身の程知らずで馬鹿をし続けた。バヤは信じられないくらい激しく抵抗したが、何しろ小さくて細かったからな。声をあげるまえにうまく猿ぐつわを噛ませたが、引きずり下ろすのはけっこう力がいるから三人いて正解だった。乱暴したくなかったがじたばた逆らってきつく締めあげなきゃならなかった。地下室のなかは暗くてよく見えない。ロメオが懐中電灯を床に置いておいたので転ばずにすんだ。ビールを飲んで超興奮しておまけにバヤは暴れるから、三人とも狂いまくってた。バヤを床に寝かしつけて、コンクリートの上にダンボールが敷いてあったが、誰かが敷いたか、前からあったのかも知れないが、とにかくバヤを押さえつけた、逃げ出さないようにな。ロメオが最初だ、当然あいつの権利だ。隅に置いてあったビールをぐいぐい飲んで、酔っ払ってた。バヤを罵ってありとあらゆる汚い言葉を浴びせた。バヤにのしかかって、バヤはその日いい具合にスカートを履いていたから、おれは腕、パトリックは脚をずっと押さえつけて、ロメオがやっとバヤに覆いかぶさった。それでバヤの下着を剥ぎ取って自分のズボンをずりおろすと、ゲス野郎のあれは立派に立っていて獣みたいに攻めていったんだ。猿ぐつわはしっかり締まっていた。バヤは痛かっただろう、体が反って跳ね上がったよ。血が出たかどうかは分からない、よく見えなかったから。ロメオが立ち上がるとパトリックが「次はおれだ」と言って、あの間抜け、マジで急いでバヤの股のあいだの地面に出しやがった。惨めったらない、ロメオがさんざんこけにした。おれはやりたくなかった。おまえの番だとロメオが合図したとき、おれはやらないって言った。できなかった。二人とおなじにちゃんと立ってたけど、多分ビールが足りなかったんだろう、急におれたちはとんでもないゲス野郎だと思ってバヤから離れた。バヤは泣いてた。それまで涙なんてこれっぽっちも見せなかったのに。おれが最初に地下室を出た、耐えられなかったからな。おれは出さなかったぜ、仲間とエロ雑誌はよく見てた。冗談半分で見てたぐらいだが、どうやるか役に立つこともあるな。でもあの時は……家に着いたら吐いちまったんだ。何日かずっと家にこもってたよ、あの殴り合いの日までな。行かないとは言えなかった、逃げられなかった。あれからバヤのことは誰も見ていない……」。警官が言った。「バヤの親は届けを出していない。強姦の場合、訴えがなければ何もできない。けれど警察では調査をしている。おれたちのためにだ、検事のためじゃない。一家は数日前に引っ越したそうだ。四千戸シテを去ってどこへ行ったかは分からない。年度末だからバカンス前に物件を見つけやすいだろう。おれもバヤは見ていない。家に行ってドアをノックしたが誰も出なかった。でもなかに誰かいた、物音が聞こえたからな。ドアをこじ開けることはできないさ、そんな権利はないからな。彼らは何もしていないんだ。それで社会保護士に行ってもらった。何度も訪ねて、最後は母親がドアを少し開けて、バヤはここにいない、バカンスでアルジェリアに行ったと言ったそうだ。保護士は嘘だと思ったが一家はあれこれ騒ぎになるのは嫌だったんだろう。それで、そのまま帰ってきた。

でもあの騒動があるまで、カドゥールがうろついているのをおれは見てたぞ。揉め事が起こるだろうなと思った。確信したよ。もう通りで原付やバイクを修理することもなくなった。ナイフが出てきても驚きはしない。奴はもうここにはいないだろう。家族といっしょに別のシテかアルジェリアに行ったんだろう。だが絶対戻ってくる。注意しないとな。おまえは刺された、だが刺したかったのはおまえじゃない。ロメオだ。誰かがロメオを殺らなければ奴がやる。間違いない。カドゥールは本気だ」

フレドの母親の言うとおりに叔母たちが交代で甥っ子を監視していたが、二週間後フレドはやっとその拘束から解放されると、ロメオが自殺したことを知った。催眠薬を大量に服用して部屋のベッドにいたのを母親が見つけた。ロメオの右手にはバヤからの手紙が握られていた。日付は六週間前のものだった。フランス語がよく読めないロメオの母親は、判読しづらい字で書かれた手紙を声に出してやっとのことで読んだ。「愛してる。バヤ」。母親は泣きながら手紙と封筒を破いてこなごなにして、家政婦が着る上っ張りのポケットにそれを押し込んだ。

フレドはそれからカドゥールにもその家族にも会うことはなかった。仕事に就いて無我夢中で働いた。


それ以来、アルジェリア女たちが辻公園で集まると話すのはもっぱらこの地下室のことで、ひそひそ声でしゃべるのだったがそれはダリラに聞こえないようにではなく、それにそんなことはもう誰も気にかけず、そういう類いの話になると自然と小声になるからだった。内緒話のときには必要な慎みや遠慮を心がけるにもかかわらず、話し方がいつもより速く、ときに言葉が溢れんばかりになったり、決まったしぐさを熱っぽく繰り返すのを抑えられなかったりするので、母親たちがちょっと興奮しているとダリラには感じられ、彼女らはそうやって話すので話が長くなり、ちゃんと分かっていなかったり誤解したりで反論するのだが、それもたいていは女たちがみんないっせいに同時にしゃべるからだった。辻公園のファティマの友だちの一人で、言うことを聞かない娘をぶったことのある母親は、そんなに厳しくするのは長女のルイザのせいだと話した。ある日、ルイザはよそのシテの通りで自分の父親と不意に出くわした。父親はたまたまアルジェリアへいっしょに行った友人に会いに来たところで、二台のほぼ新車と中古車一台を売りに行ったのだが、その運搬方法と闇取引の金の受け渡しについて話をつけようと、ある団地棟の待ち合わせ場所に行く途中で若者がたむろしているのに出くわした。そのなかに女子が一人だけいるのをみとめたが後ろ向きだったので顔は見えなかった。父親は歩を早め、娘が振り向いて逃げ出すまえに群れた若者たちにたどり着いてルイザの腕をつかみ壁に押しやり二往復、合わせて四発平手打ちを浴びせて言い放った。「今夜家で待ってろ」。それからアラビア語で罵った。淫売、ふしだらな娘……父親は腕時計を見た。娘を家に連れ帰ったのでは待ち合わせに遅れてしまう。身動き一つせずにいる仲間を前にしてコンクリートの壁に押しつけられたまま赤い頬の娘を後に残した。ルイザは泣かなかった。呆気にとられた男子たちは突然固まり、仲間のルイザがわっと泣き出しはしないかと黙ったまますこし待ったが、彼女はすぐに仲間に歩み寄って何事もなかったかのように中断した話を続けた。男子たちはその場を離れていき、娘は少し調子を高めて笑い声をあげた。父親は帰宅するなり長女は戻っているかと聞いた。母親は、誰も帰っていないわ、チビたちは学校に迎えに行って下で遊んでいるけど、と答えた。下の娘のリラが履いているスカートが短すぎるぞ、犠牲祭の時にほかの服といっしょに郷《くに》の家に送っておけ、と父親。リラがまたおなじスカートを履いているのを父親が見たら、自分の命令には従うのが筋だと言って聞かせるのはリラ本人に対してではなく妻に対してだ。裾を直して長くすればまだ着られるし、リラはあのスカートが気に入っているからと答える。「下に行って呼んでこい、それとも上がってくるように言え。スカートを変えろ」。母親は窓からリラを呼んだ。リラは家に戻って、祈りの支度をしている父親にキスをした。仕事から帰った父親にお茶を淹れなくてはならなかった。父親はあまりしゃべらない。テレビのニュースが始まるのを待っていた。フランス語の読み書きはできなかった。ラジオはよく聴くが、新聞は買ったことがなくニュースで実際の映像が見られるのでテレビも見た。テレビをつける前に、アルジェからの巡礼旅行に参加した兄がメッカから持ち帰った絨毯の上で日に五回のお祈りをした。子どもたちが成長して、本当にアルジェリアに戻る日が来たら、その前に自分もメッカ巡礼をしよう。妻には固く秘密にしてある闇商売からあがるわずかなお金を貯めていた。郷の村では白と緑のハッジ〔メッカ巡礼をした男性の呼称〕のターバンをかぶるつもりだった。家にはメッカの方向を向いた自分専用の一角があった。日々の祈りの儀礼が終わるまで、子どもたちはテレビを見るのを禁止されていた。母親も礼拝はしていたが夜はしないことが多く、彼女の絨毯は部屋にあって、ドアを閉めてから清潔なスカーフをかぶりスカートを替えてからお祈りをした。

ニュースの時間になると父親がテレビをつけた。子どもたちは長女のルイザを除いてみんな帰っていた。妻にはルイザに出くわしたことは言わなかった。いつもは夕食を終えてからニュースを見たり聴いたりして、床につくため夫婦の部屋に引きこもった。夫がまだ寝ないので妻は驚いて彼を見た。「ルイザを待ってるんだ」。一度だけ、ルイザは知らせた時間よりずっと遅れて帰宅したことがあった。父親は脅したが殴りはしなかった。長女のルイザを監視して、帰宅が遅れたら殴るのは三つ歳上の長男の役目だった。妹の行動を警官のようにつぶさに見張るので、ありそうな言い訳を考えねばならなかった。両親は長男がなすがままに任せ、ルイザをぶっても何も言わなかった。家にいないことが多い父親は自分の権利を一番歳上の息子である長男のモハメドに譲り、モハメドはルイザに対して、また兄弟姉妹全員に対して一丁前の家長を演じて、学校の通信簿が悪いと言っては殴り、とりわけ女の子たちより勉強しない男の子たち、弟たちがしょっちゅう殴られた。

ある朝、ルイザはリセに行くのにサングラスをかけ、暑かったが長袖を着ていた。モハメドは仲間から、隣りのシテで男たちといっしょにいるルイザを見かけたこと、それもアラブ人じゃないのもそこにいたことを聞いた。ルイザを攻撃するに十分な情報だった。彼女は何も言わなかった。説明すればするほど兄は殴り、殴られるごとに体育館の格闘技部門大会でチャンピオンになったことを自慢する兄の実力と才能をその身で受けねばならなかった。ルイザは弟や妹に対して暴君と化すモハメドをほったらかしにする母親をよく非難した。「おまえを懲らしめるのは、そういうことをおまえがするからなのよ。男の子と遊んじゃだめ。やめないと施設へ入れちゃうわよ。あそこへ行く女の子はみんな不良だから」。それでもう母親には話さなくなった。リセに行ってギアナ人〔仏海外県仏領ギアナ〕の友だちに聞いてもらうときも誰にも言わないでと懇願した。「ばれたら兄さんに殺されるわ……」

ルイザはバカロレアを受験できるくらい成績がよかったが、かたやモハメドの進路は第五学年〔日本の中学一年に相当〕修了時に決められた。彼はときどき自動車修理工場で働いていたが、仕事にあぶれたときはルイザをじっと監視して過ごし、母親がいないときはアメリカの歌手、特にロックやソウルのカセットを聴いた。男の子たちがこの種の曲をかけるたびに母親は悲鳴をあげるのだった。母親はアラブ人の歌手が好きだったが、子どもたちは絶対にそれを聴かない。それにエンリコ・マシアス〔アルジェリア生まれピエ・ノワールのシャンソン歌手。六〇～七〇年代に活躍〕、子どもたちはその訛りを真似しながら白人《トゥバーブ》と言ってからかうのだが、その歌も聴かなかった。子どもたちは他の友だちといっしょで、ウォークマンが欲しかった。それについて親は我関せず、やりたいようにやらせておいた。家でも外でも自分たちの好きなグループの曲が聴けて、親が一日中かけているノリの悪い古くさい歌を聴かされずにすむ。ぐるになって巧妙な手口を使う「ルブー」〔アラブ人を指す逆さ言葉「ブール」のさらなる逆さ言葉〕と呼ばれる少年たちがアラブ人を指すことは知っていたが、実際どんな盗みの手を使うのかは正確には知らなかった。万引き？　強盗？　盗品を流す？……どこでどうやって最新の機器を半値で手に入れるのか。

父親は壁一面を占めるほど大きな食器棚と、いくつか床に散らばって置かれたテレビチェアにはさまれた食卓の端に身を落ちつけた。食器棚は母親が家具を扱う倉庫兼店舗で格安で買った中古品だ。飾ればきれいだろうと母親は色付きの敷物を何枚か食器棚の上に掛けたが、そこには雌鹿かライオンを狩るときの様子やメッカのカアバ神殿と大モスクを表したものがあしらわれていた。ある日、マルシェでアラブ人の古道具屋のところで見つけたものだ。ま新しく光沢があった。対面の壁にはモロッコやアルジェリアから家族が持ってきた銅の小皿が掛けられていて、それらには駱駝、砂漠、そしてまたメッカが描かれていた。

子どもたちはうるさくしてはいけないと分かっていた。小声で話し、マットがまだ積まれずに場所が空いている部屋に移動した。父親はコーヒーをポットで持ってこいと言い、コーヒーカップのそばにブリキ製の嗅ぎタバコの小箱をテーブルに置くと、箱に浮き彫りで刻まれたアラビア語の文字を無意識に撫でた。金の縁取りのある小さな白いカップは父親専用のものだ。いつだったか、カップの縁が欠けているのを父親が見つけ、怒りにまかせて妻に平手打ちを放ったが妻はぎりぎりそれをよけ、夫はもう一方の頬をぶとうとしてどちらを先にすればよいか分からなくなった。父親はしょっちゅう暴力をふるっていた。

ファティマはこの友だちが夫の話をしているとき、感情を表に出さないけれど、穏やかで思慮深く子どもには甘くなることもある自分の夫が、ルイザの父親のように娘に対して容赦なく乱暴になるとはまだ知らなかった。夫もまたおなじ理由でベルトを外してダリラをぶったのだ。しかしすでにそのときから、大きくなったダリラから自分のことを体罰をふるう父親の共犯者だと思われても、フランスで生まれ、フランス語を話し、学校の成績がよいアルジェリア人の娘が勉強を続けたいのであれば、フランス人の娘とおなじに自由に外に出られるようにしたらいいと、とファティマは考えたのだった。もしそれができたなら、自分だって学校へ行っただろうに。しかしアルジェリアの小さな村では、学校は男の子が行くもので、それに少し遠かったから母親たちは娘を家に置いておきたかった。それも口実の一つになった。女の子はコーラン学校〔地域の子どもがコーランの読み書きを覚える民間の学校〕にも行かなかった。リセがシテから数十キロも離れていたので娘の進学を父親が禁止したとある友だちから聞いたが、たとえ遠いリセへバスに乗って通うことになってもダリラが勉強を続けられるようにしようと、ファティマは思った。友だちのその娘は数カ月後、バカンスでモロッコに戻ったとき、強制結婚をさせられた。

ルイザの母親がうとうとしながら食堂のドアを開けたのは夜中の一時半だった。夫は食卓に頭をのせて眠っていた。そばにはコーヒーカップと蓋が開いたままのブリキ缶があった。ルイザはまだ戻らないでいた。

妻は夫を起こさずに寝室に戻り、仕事に行くために朝の目覚まし時計が鳴るのを待った。血走って腫れ上がった目をした夫が入ってきた。ルイザは戻ったかと妻に訊いた。戻ったわよ、でも子どもたちを起こしちゃいけないわ、ルイザを懲らしめるのは学校から戻った夜にしたら。

その日の夜遅い十一時半、夫は妻に言った。「ルイザが帰ってこないぞ。警察に通報だ」。妻は家の名誉のためにそれを思いとどまらせた。無闇に警察に知らせないことに夫も同意することは分かっていたのだ。娘の帰りが遅かったり、帰ってこなかったりすると警察が通報を受けるやすぐそれを失踪事件として扱い、シテ全体にアラブ式電話で噂は伝わってしまう。リセに問い合わせてみる、と妻は夫に言った。翌日、小学校のチビたちを迎えに行ってから、これまで行くのを避けていたリセに行くことにした。学内に入って教頭先生に会いたいと頼んだ。ルイザから聞いて教育機関の役職名はわかっていた。落ち着き払った物腰で、何ごともなく教頭のオフィスに通された。彼女は二日前から欠席しているという。教頭の女性教師は点検した記録簿をルイザの母親に見せたが、字が読めないことはおそらく考えずにそうしたのだろう。しかし母親は「アルファ」と呼ばれる地域の識字教室に通っていて、フランス語はほとんど読み取れた。娘の名と姓がそこに書いてあるのが分かった。娘は咽喉炎でもう何日か学校はお休みすると教師に告げた。帰り道で、自分の大胆さに驚くばかりだった。夫になんと言おう？　十日か十五日間、イギリスかドイツに行くリセの研修旅行があったはずだ。ルイザがそれに選ばれたと言おう。夫は学校にそれを確かめには絶対行くことはない。子どもの学校関係はすべて自分が引き受けていた。当分は最悪の事態を免れるだろう。でもルイザが旅行の途中で家に戻ってきたら？　母親は夫が信じるように話を作って知らせた。男女いっしょなのか、と夫は訊いた。ちがう、と妻。安心したのか、それ以上、夫は訊ねなかった。

しかし十五日経ってもルイザはいっこうに戻らなかった。外国研修の最後の日だった。母親は研修が延長されたと夫に話した。いつまで信じてくれるだろうか。「男女いっしょじゃないのは確かだな？」と夫は繰り返した。妻は女の子だけ、と念を押した。それから三週間の語学研修は一カ月になった。ドイツの研修はすごくうまく行ってリセは四週間の滞在に延長したの。ルイザの兄のモハメドは自分の部屋を借りてから家にはほとんど立ち寄らなかった。戻ったとき、ルイザはどうしているか母親に訊ねた。母親は嘘を繰り返した。

月末近くのある日の十二時半頃、見慣れない女の子が家に来て封筒を手渡した。高校生のフランス人だ。母親はどきどきしながら部屋に行って、学校用ノート一枚に書かれた便箋を開いて読んだ。「母さん、私のことは心配しないで。どこにいるかは言えない。家には帰りたくない。人がいる通りで父さんはわたしをぶったから。もう顔を見たくない。警察には知らせないで。そんなこと必要ないから。母さんの娘、ルイザ」。母親が読みやすいようしっかりした丸い文字で、大きくて濃い文字で書かれていた。ルイザの気遣いだった。夫婦のベッドの縁に座り込んだ母親は手紙をスカートの上にのせ、涙を流した。一人だった。いくらでも泣いてよかった。手紙を折りたたんで西洋式の寝室用にと中古品の店ギャルリー・バルベスで買ったナイトテーブルのなかに場所がないので、積みあげたタオルの山と山のあいだに手紙を隠した。けれど、タンスの下に荷物を詰め込んだスーツケースがいくつか滑り込ませてあったはずだ。あそこは誰も探そうとはしないだろうから隠すのならあそこがいい。手紙を取り出して、子どもたちがもう着ないけれど捨てるには忍びない服がたくさん詰まったスーツケースの奥深くに入れた。

夜にはもう、夫にこう説明した。校長先生から呼び出されてルイザから寮に入りたいという届けがあった。女子寮なのでバカンスにしか帰省できない、保護者の出費はなく費用は全額学校が出してくれるとのこと。母親はまるで本当のことを話しているように嘘をつく自分に驚いた。夫は同意した。しょっちゅうは会えない。バカンスまでは全然会えないだろうとつけ加えた。そのほうがいい、馬鹿な真似はしないだろう。馬鹿な真似ってなんのこと？　それについて母親は聞かなかった。この前来たのとおなじ女子高生からルイザの二番目の手紙を受け取ると、そのフランス人の女の子に伝言をしてもらおうと家のなかに入れた。すべてうまくいっている、次のバカンスまで寮にいることになっていて父親も了承している。リセの勉強を続けて上の学年へ進むため頑張らなくちゃだめ、と紙に書いた。どこにいるかは訊ねなかった。リセかシテの友だちのところだろうとは思っていた。バカンスの始まる前日に帰ってきなさい、今回のことは話題にしないから。それですぐバカンスでアルジェリアに出発、二カ月半もそこにいられない父親はいっしょじゃないと書いた。結びにキスの文句を記し「おまえの母親」と署名した。ルイザの手紙は手短に「母さん、全部うまくいってる。リセに戻ります。心配しないで。兄弟にも妹にも、家のみんなにキスを。ルイザ」と書いてあった。

ルイザが家に戻ったとき、みんながあまりにもうれしそうだったので驚いてしまった。母親の策略が功を奏したのだ……一家はアルジェリアに出発した。一カ月半後に父親がそこに合流した。飛行機に乗るのは家族にとっては初めてで、母親は大きな二つのトランクにものを詰めに詰め、やっとのことで蓋を閉めきった。アルジェリアの家族は、パリから来るものが好きだった。ラベルに「パリ」とあればなんでもよかった……「フランス製《ファブリケ・アン・フランス》」も同様だった。トランクの一つは正真正銘の市場《バザール》の様子を呈していた。誰かがそうしているように、家族にと持ち帰ったあれやこれやを転売したならちょっとした金儲けができただろう。三、四倍の値段で高く売れた。しかしルイザの母親はパリの一家を泊めてくれるのだからとアルジェリアの家族にそれを土産としてあげた。彼女の知り合いには、移民で来た夫がフランスで亡くなったあと、パリ郊外のF4で九人の子どもを育てるために一種の密輸をし始めた女性がいた。儲けたお金でセメントを買い、夫の故郷に家を建てて夫を母親のそばに埋葬したが、フランスで死ぬ多くのアルジェリア人とおなじように故郷の山奥の村、母親の隣に埋葬してほしいと夫は言っていたのだ。とてもお金がかかった。もう望みなしの状態で夫が病院に運ばれたとき、遺体は即自分が引き取ることになった。病院の霊安室に通されたとき、名も知らぬ多くの異教徒の屍体のなかに、身元不明者のようにシーツ一枚だけかけられた夫の遺体を見て、彼女は辱めと哀しみをこらえねばならなかった。家での葬式はしないことになっていた。すでに洗われた遺体に持ってきたオーデコロン、その辺のスーパーで見つかる大瓶入りのありふれた安いものを少しふりかけた。遺体を包む布の折り目に、向こうに着いたら入れる香料をアルジェリアから持ち帰っておこうとは考えも及ばなかった。遺体を覆う短衣と小帽子を裁つための布を手元に置いておくことも考えていなかった。アルジェリアから持ち帰るのは家族用の食品、唐辛子、とくにオリーブ油だったが、大量には運べないので油の瓶をスーツケースの底に隠して詰めたところ、そのうち一本から油が流れ出してしまったことがある。アルジェリアのオリーブ油なしではフランスでやっていけない。それに何にでも効くのだ、村でもそう言われていたし実際そうだった。生理痛にも頭痛にも胃痛にも匙で何回か飲み下せばよかった。けれど子どもたちはその味に慣れず、無理して飲ませることもあった。幸い、彼女も夫もこのオリーブ油は大好きで、ラ・ヴィレット〔一九八〇年初めまで屠殺場があった食肉市場〕では買い物に来た他のアルジェリアの女たちがそうするように、血抜きした肉といっしょに溶かした羊の脂を買い、その脂を混ぜて家で焼くパンをオリーブ油に浸して食べた。朝食にはいつも、パン屋がおなじように焼いたこのパンと菓子を子どもたちに用意したが、とくに女の子は太るのを気にして菓子は脂肪分が多すぎると愚痴をこぼした。彼女自身はもう体重を気にしたりはしない。郷《くに》の多くの女とおなじように背が高く少し太っていて、娘たちからは太っていると指摘される。娘たちは母親である自分と外出するのが恥ずかしいのだろうか？　そんなことは考えたことはなかった。彼女がとりわけ好きなのは小さくて辛い唐辛子を齧りながら、お碗に注いだつんとくる緑色のオリーブ油に家で焼いたガレットを浸して食べることだったが、子どもたちはオリーブ油の匂いが嫌いだったので、昼間に自分一人でお腹が空いたときやアルジェリアが恋しいときに食べるのだった。細い瓶の口に鼻を寄せているのに子どもたちが出くわし、からかわれたことがある。「イマ、何してるの？」。台所の瓶を並べていただけだが犯行現場を押さえられたかのようだった。フランスのオリーブ油はそれほどよいものではない。味も匂いもないと彼女は思った。

この女性はアルジェリアから、本絹ではないが絹の手触りのする白い正方形のきれいな布を持ってきたことがある。何にでも使えるが使いみちはすぐには思いつかなかった。夫が死亡したという連絡が病院からあったとき、当面使わないものとしてトランクに押し込んだこの布を思い出して家にあったオーデコロンといっしょに病院に持って行った。この布で遺体を包むことができたが、顔は隠さなかった。年長の息子や長女は父親とちゃんと対面しなくてはいけない。体には医療器具に挟まれて紫色になった痕がたくさんあった。チビたちは死んだ父親を見ることはなかった。彼女は遺体を素晴らしい棺桶に入れた。蓋を丸くくり抜いたガラスの小窓から顔が見えるものだった。病院で父親と最後に対面できなかった娘の一人に彼女はそう言った。霊安室に母親といっしょに行くことができた娘は納棺には立ち会わず、母親だけが遺体を運ぶ飛行機に乗り故郷の村へ赴いたが、これには友好会〔出身地による在仏移民労働者のための互助会〕を代表して三揃いの背広にネクタイ、ラクダの毛でできたコートをきちんと着た男性が付き添った……貨物倉庫には地面にそのまま置かれて荷積みを待つスーツケース類のように、棺桶がいくつもあるのが見えた。

彼女はレ・リラ〔パリ東郊の町〕のF4の家に親類や友人を招きたかった。家族が義兄といっしょにアルジェリアへ戻っていたとき、一度タルン〔仏南西部の県〕のある村に住むオラン出身の友だちの家の葬式に出たことがあったが、それは三日間続いた。その友だちの夫は自宅で死んだばかりだった。夫を病院で亡くした彼女にはその幸運はなかった。友だちの夫は地域の精神病院にしょっちゅう入院していた。体調が悪く、胃ガンが見つかったときはすでに手遅れだった。ある日、同室の村の老人が一日中お郷《くに》訛りでしゃべって錯乱するのに耐えきれなくなった。それで病院を抜け出し、やっとのことで家までたどり着いた。多量の薬を服用し、いつも一人静かにストーブとラジオのそばで過ごしていた。話はほとんどせず、唯一繰り返したのは一人で死にたくないということだった。妻を殺しかけたこともあった。いっしょに死のうとしたのだろう。アルジェリア、オラン地方の母親のそばに埋葬してほしいとも言っていた。彼が死んだ日の朝、娘の一人に「アルジェリア行きのチケットを買ってきてくれ」と言い、すでに死んだ兄の名を何度も呼んだ。アルジェリアでそうするように朗誦師を呼ぶよう頼んだ。どこの村のモスクにもある死者の板すらなく、その板の上で死者の体を洗う者たちが男でも女でも遺体の脇毛や陰毛を剃るのだが、遺体が女の場合は女たちが受けもち、水で存分に流して体を洗い、それから白い木綿の服のようなものを着せ、最後に白い経帷子で包んで頭と足を結えるのだ。包まれた死者を墓地まで運ぶ白い布を敷いた埋葬用の担架もなかった。神のご加護に預かる担ぎ手になるため男たちは言い争いをして決める。死者が預言者の子孫の場合、担架を覆う白い敷布の端をどうするかの決まりがあるが、それも言い争うことはなかった。オランの友だちの夫は預言者の娘ファティマの血を引いていると繰り返し言って、フランス人たちからしょっちゅう狂人扱いされた。子どもたちは埋葬に立ち会わなかった。土盛りの上に置いたオリーブの枝を見ることも、朗誦師たちが唱えるコーランの唱句も聞かなかった。お金を支払うのに十分裕福でなければ、フランスで朗誦師たちが葬式の祈りを唱えに来ることもなかった。

夫の弔いのため、オランの友だちの家には近隣に住むアルジェリア人が総出でやってきた。大変な人数で、男と女は当然別々に集まった。浴室では祈りをあげる者たちが死者の体を洗い、母方の叔父だけが立ち会うことが許された。体毛を剃り爪を切る。息を引き取ったときに着ていた服、爪から体毛まで体についていたものすべてを集めた。これらをしっかり密閉し、こっそり焼いてしまわなければならない。焼きもらすことがあってはならない。体毛一本でも呪術使いの女が掠め取って禍いの元にするからだ。屍体には白いガンドゥーラ〔北アフリカの外套の下に着る袖なし長衣〕を着せて白い布で包む。それからは頭も足ももう見ることができない。それから棺桶に入れてフランスの墓地まで運んでいき、そこから棺桶は一種のセメントで固めた籠のようなものに入れられてアルジェリア行きを待つのだ。墓地でこの儀式を行うあいだ、二人の朗誦師が祈禱をあげる。数日後、家族が棺桶を引き取って、一家の父親は望み通り故郷の村で母親のそばに埋葬されるだろう。オランの友だちは死者を弔って泣くために女たちと家に残った。女たちは床に座って顔を引っ掻き、興奮して話し、泣き叫び、自分の体をつねったり噛みついたりしてわめいては夫を亡くした女の悲嘆をかき立てた。オランの友だちは三日間、家に来た客にクスクス、羊の肉、コーヒーを振舞ってもてなした。近親者や友人は記帳して現金を渡し、砂糖やコーヒーを持って弔いに来る者もいた。母親は子どもたちに泣いてはいけないと言った。涙は死者の旅立ちを妨げてしまうからだ。彼女はまた、ある地域では必ずそうするように、鏡を布で覆いテレビのカバーを下ろした。死者の魂が自分の姿を見たら、ここから去りたくないと思うことだろう。魂の一部はまだ家に残っているから四十日間は覆っておかねばならない。その間は音楽を聴いてはいけない、ラジオもテレビもだめ。喪に服す期間となる。

アルジェリアの故郷でようやく埋葬されるときには、一家の墓地の一画、母親の墓の隣りの墓穴に棺桶が置かれ、それを取り囲んで朗誦師たちが地べたに座りコーランの唱句を誦じる。棺桶は鉛で封じられているが、死者は自分の地にしきたりどおり埋葬される。フランスで生まれた子どもたちが死んだら母方か父方の村に埋葬されるだろうが、それは父親と母親が決めることで、絶対にフランスの墓に入ることはない。子どもたちの還る場所も向こうにある。彼らの国なのだから。

ルイザの一家がその夏飛行機で帰省したとき、母親はざっくばらんでよくしゃべる女と知り合いになった。持ち家の見回りと自分の商売のために村に一人で帰るという。女は売れるものをよく知っていた。みんながほしがるフランスのものはアルジェでもどこでも三倍の値で売れた。数が足りなかったのでにわかに闇市がはやり、そのおかげで移民たちは小金を稼いで郷《くに》の墓場に入るお金を貯めることができた。

十五年来、女はうまい手口をすぐに身につけ、たいそうな収入を秘密で得ていた。アルジェリアでは家庭用品とフランス式のウェディングドレスが特に所望された。白いドレスの注文は途絶えることがなかった。ミニでもロングでも刺繍やレースがあしらわれ、それにドレスと合わせたヴェールやティアラ、手袋、サテン地のパンプス。女たちはうっとりして品物に見惚れた。タチにはウェディングドレスのコーナーがある。あらゆるデザインのドレスが並べられ、客は見て触って、質の良さを実際に確かめられた。白、ピンク、ブルー。けれど一番人気は白で、アクセサリーも白だった。ある裕福な家庭から注文があって、その女はある日、ウェディングサロンの催しで見たドレスを選んで買った。サロンのことを聞いたことはあったが初めて行ってみた場所で、そこのドレスはいつも見ているバルベスやレピュブリックのタチのドレスより素晴らしいものだと考えたからだ。サロンは目くるめくばかりだった。PLMサン＝ジャック〔七〇年代に十四区に開設されたホテル。現在のパリ・マリオット・リヴ・ゴーシュ〕でサロンがあると聞いたが、彼女は一人でそこへ行く勇気はないと思っていた。知らない界隈、何も用事がないので足を踏み入れたことのない場所だ。おどおどしながら何時間も、まるまる午後をそこで過ごした。次から次へと前のドレスよりきれいなドレスが目の前にあらわれた。どれにしようか？　値段はどれも思っていたより高かったが、その日は十分な額を用意していた。結局、一番洗練されたデザインのものを選んだ。これだったら花嫁の支度をする女たちは何時間ものあいだ感嘆し、仰天し、話に花を咲かせることだろう。

　このお姫様ドレスは一人では想像もしなかった金を女にもたらした。以来どのサロンも逃すまいと心に決めた。注文はどっと増え、ついには一度帰国するごとに三件までと限定するくらいだった。金を持ち出すのにえらく苦労したがうまくやった。フランスでは小切手は使わなかったし、お札は手元にとっておきたかった。預けたらたぶん盗まれてしまうだろう、と女は銀行を信用しなかった。お札、とくに五百フラン札を折りたたんで並べて自分でしっかり縫った小袋に入れ、それを護符のように首から掛けてブラウスの左胸に隠れるようにした。女は小袋を肌身離さず体を洗うときも外さずに、何を隠し持っているか誰も知る者はいなかった。

辻公園のアルジェリアの女友だちはいっせいに自分の胸の辺りを触って笑いあったが、みんなが思わずおなじ動作をしたので驚いたのだ。女たちは持っていない、あるいは人に教えたくない天のみぞ知る秘密のへそくりを手探りした。誰も何も言わなかった。ただ単にみんなでこのしぐさをして、分かってるわよね、と共犯の笑い声をあげた。この話の始終までは聞いてはいない、ムスタファの続きをずっと待っていたダリラは笑い声にびくっとして、なぜ笑っているのか母親に訊いた。「まだ小さいからね。話してもむずかしいわ。大きくなったらね」。ダリラは母親がほかの女たちとおなじように「大きくなったらね」と言うのが嫌いだった。辻公園にずっと立って脇腹をダリラの頭で押さえつけられたままでも母親が何も言わないのは、この子がまだ小さいと考えていたからだ。ところがダリラはまったく逆に考えた。女たちと母親に認められている自分は話を全部聞く特権があるのだと思っていた。

ずっとあとになって、モロッコ人の友だちが強制結婚させられた話を泣きながらしてくれたとき、ダリラはこのウェディングドレスの話を思い出した。母親の友だちがみんな貪るように聞き入り、もっと詳しくと請えば、女はおとぎ話に出てくるようなドレスについて、その細部を飽くことなく語るのだった。友だちの話でダリラが驚いたのは、ウェディングドレスには執着していたのに、母親が選んだ結婚相手、フランスに移住した従兄で現代の理想の若い男性だという男にはまったく期待をしていないことだった。「酒は飲まない、タバコは吸わない、給料はいいし、モロッコに家があって、車もテレビも……」。「気立てはいいし都会の人間よ……」。私は売り物じゃないわ、と友だちは母親に言った。母親は何て馬鹿な娘だろうと返事をしなかった。娘は結婚相手と二人きりで会わせてとたのんだが、モロッコでの結婚式まで母親はうまく避けてきた。父親は娘にリセをやめさせ、将来の夫は勉強好きならまた続けられるようにすると約束した。リセから家までにかかる時間はきっちり決められて、一度も帰宅に遅れたことがなかった。友だちの家や図書館に行くときは兄が見張り役になった。彼女は一歳のときやってきたパリ近郊のシテから離れたことはなかった。最初はナンテールのビドンヴィル〔ビドン＝缶などの容れ物に喩えられる掘立小屋の家々が並ぶスラム街の地区〕、次にオーベルヴィリエのバラック街で、おなじ地に市街化優先地域（ＺＵＰ）として建てられたシテのＦ５に両親と八人の兄弟姉妹で戻ってきた。メトロも電車も乗ったことはなく、パリを見たことがあるのは父親が中古で買った水色のプジョー２０４で、両親に連れられて行くときだけだった。映画館にも行ったことはない。映画を見るのは学校か家のテレビで、パリや郊外の映画館へ行ったことは一度もなかった。婚約して初めて外出して遊ぶことを考えた、それならばお金をじゃんじゃん使わせよう、映画もレストランも宝石もディスコもウェディングドレスも嫁入り衣装一式も……モロッコであげる結婚の日まで。彼女は十七歳だった。

ダリラのモロッコ人の友だちはフランスで一度もハンマームに行ったことがなかった。ナンテールやオーベルヴィリエの公営シャワーなら知っていた。子どもたちは母親に連れられて週一回、ほかのビドンヴィルの母親にされるように一週間分体を擦られるのだった。林間学校さながらに、一つだけのシャワーの下、子どもたちが代わる代わる水を浴び、娘や女たちの長い髪の毛で排水口が詰まって溜まった水のなか、足を滑らせて動き回る……子どもたちは面白がり、母親たちは叫び声をあげ、おたがいに大声で言葉を交わして笑い、言うことを聞かない男の子には容赦なく平手打ちを浴びせるのだった。モロッコの母方の家では花嫁のハンマームを準備した。髪を、手足をヘンナの美しい赤黄色で飾るのだ。花嫁はおなじ年頃の娘たちとハンマームに行って、そこで年老いた女たちに清く美しくあれとしきたりどおりに体を洗ってもらう。女が男に気に入られるにはどうするか、老女たちはこれから結婚する女たちに健康と美容、そして宗教の慣習を抜かりなく伝えていく。初夜の寝室では美しくなめらかな肌、清純であること、義母が寝台のしかるべき位置に置いた絹のハンカチを婚姻の血で染めるように処女であること。ハンマームで支度をする女たちは花嫁の体を擦り、体毛を剃りながら、婚礼は幸福の日、感激のあまり泣いてしまうことだろう、花婿と過ごす夜を怖がってはいけないと言い聞かす。老いた女たちはとにかくしゃべる、しゃべり続ける。花嫁になるダリラの友だちは話をちゃんと聞いてはいなかった。そして思った、もし相手の男を好きになってしまったら昔ながらのこんなしきたりを本気にするかもしれない。村の母親の家で育ってはいないのでこうしたことは嫌な伝統だと思っていたが、心惹かれるものがいつも微かにはあったのだ。式に欠かせない身繕いとして、女たちは髪から爪まで花嫁の体をヘンナで染めていった。衣装を着せ、髪を結い、靴を履かせ、装飾品で飾り、化粧を施し、それから特別の輿に据えられて花嫁は身動きできなくなる。輿は担がれて高みに持ちあげられ、招待客たちは箱入りの美しい処女を感嘆して眺めた。

ユーユー〔祝事、弔いでアラブ女性が喉を鳴らして発する鋭い声〕、タムタム〔打楽器を打ち鳴らす大騒ぎ〕、ダンス、そして絶え間なく供される茶菓や料理とともに母の家での式は三日続いた。それから花婿の父の家へ移動した。第一日目の朝、判官《カディ》の前で結婚の契りを結んだ。パリ大郊外のF5に閉じ込められ、耳にする音はといえば控えめな音量でつけられたテレビと両親がメッカの方向に向かって日々行うお祈りぐらいしか知らなかった。世間知らずだが世間を憎悪する娘は、歓待と和合に関わる旧くからの神聖なる所作を初めて知った。乳が入った碗を交わし、ナツメヤシをそれぞれに差し出し、義母が蜂蜜を口に含ませる。花嫁はやわらかく口の中でとろける甘い食べ物にぞっとし、場を乱すまいと吐き気をこらえた。

彼女は先に眠ろうと努めた。ブラジャー、パンティー、サルアル〔ゆったりしたアラブ風ズボン〕、ガウンを重ねていつもより締めつけて着込み、男の足が自分のつま先に触れるのさえ嫌だったので靴下も履き込んだ。肌のほんの一部さえ見られないようにと手には手袋、顔にはヴェールさえつけただろう。ちょっとでも触られたら大声をあげよう。そうすれば駆けつけた男の母親には最大の恥辱になるだろう。二人は飛行機でフランスに送り返され、まだ電気が来ていないパンタンのF3にたどり着き、その夜、男はようやく嫁に触れようとするだろう。母親の家は遠い、嫁はおれのものだ。もう一度男は試みるが、彼女は抵抗する。取っ組み合いになるにちがいない。男は嫁を激しく殴り、喘息の発作を起こした嫁を殺してしまったと思うほどかもしれない。午前二時半に医者を呼ぶ羽目になる。これからは人の言いなりになどなるものか。ただ、体も頭も動かそうにも動かず急に力が入らなくなり、これでは何でもされてしまう、レイプだって。

花婿はモロッコの自分用の部屋のために長いあいだお金を貯めてきた。三階建ての家で新婚の部屋を一番美しくしたかったのだ。お金を注ぎ込んだ。家具はフランスから取り寄せ、すべて西欧式で揃えた夫婦の寝室だった。ダブルベッドにキルティング張りしたベッドボード、それに合わせたベッドカバー、窓には二重カーテン、ベッドカバーとおなじ色の厚みのある型押しビロードが重厚で豪華なイメージを醸している。三連扉の洋ダンスがどっしり構え、縁はぐるりと彫刻で飾られた姿見付き。扉のところどころには寄木細工が施され、ドレッサーにもガーネット色のビロードをあしらい、可動式の楕円形のスツールとセットになっている。ベッドの両脇には大理石調のナイトテーブルと、ガーネット、ピンク、緑の大きな花模様のベッドサイドマットもある。

花嫁は豪華で美しい部屋だと思った。Ｆ５にようやく住めるようになったとき、自分の部屋が、すぐ脇にもベッドの足元にも子どもがいない部屋がもてると言っていた母親を思い出した。本物の寝室、デパートの家具売り場から取ってきたカタログに載っているような一室にしたかったと母親は言っていた。デパートには父親がプジョー２０４で母親と娘を乗せて店の前で下ろし、二人はまるまる午後をデパートで過ごし、時間になると父親が迎えに来た。母娘はデザインや値段などすべてを十分に吟味する時間があった。いっしょに家具を選んだ。テレビの歴史物ドラマのせいだろう、母親は田舎の民芸調、娘はルイ十五世調もどきが好みだった。母娘は眺めては手で触れ店員と話し、何か買うことは一度もなかった。カタログを手に、目で見たいくつものショールームのイメージを記憶に留めて帰路につくのだった。母親は中古の家具を売っているパリ郊外の倉庫の店から店をめぐって、記憶に刻まれた理想の寝室に近い家具を探すのだった。花婿の部屋をみた娘はこう思った、パリでも、母親と行ったデパートでもこんな豪華な部屋は見たことがないわ。

鈴なりになった女たちに連れられて花婿と寝室に入ったとき、吐き気がした。何が起きたか忘れてしまった。男がとても痛くしたことしか覚えていなかった。「あのクソ野郎、突き壊すぐらい痛くしたんだから」。三十分経ってようやく起きあがり、悦びのユーユーをあげんと待ち構える女たちに血に染まったハンカチを投げた。処女だ、正真正銘の本物の処女だ。パリから来た娘、

「ブネット・バリ」が処女かどうか若干疑っていたが、フランス人のようにフランス式に育った娘たちを北アフリカの端から端までどこでもいつでもこう呼びあらわし、「ブネット・バリ」は郷育ちの娘とちがって外で遊ぶし家のことは何もしないし、娼婦みたいなものと思われていた。彼女はハンカチを投げた。そう、処女だったのだ。「絹のハンカチについた血は正真正銘私の血」。みんながこれを見ますように。よき知らせがアラブ式電話で村全体、辺り一帯に伝わりますように。パリから来た娘は処女で、女たちはいっそう激しく喜びの声をあげた。「何なの、この野蛮なインディアンどもって思ったわ」。男の子といっしょに異教徒の土地で育った娘だからこれは驚嘆すべきことで、みんなこれはちゃんと知っておかねばならない。女たちはハンカチをたたんで蓋のついたケースの奥にしまい込み、花嫁の家族に奉納品としてこれを届けた。花婿の家族よりさらに落ちつかない花嫁の父親は、娘の名誉さらには不名誉の知らせを待ってアメリカ製タバコを二箱以上も吸った。血に染まった赤いハンカチを見ると喜びのあまり三発の空砲を天に向け放った。

それから花嫁は義理の母の家で暮らし、フランスへ発つ日を毎日待っていた。ダリラは、「私は絶対結婚しない、絶対に」と言っては話を中断した。モロッコ人の友だちになぜ結婚したか訊ねたことがある。彼女が言うには、結婚は家族の監視から逃れる一つの方法としてよく知られたことで、彼女もそうしたのだが、式のあと数週間経ったら夫から逃げるのだという。友だちは続けた。家から強制されて結婚したあと姿をくらました友だちが何人もいるわ、これまで物語のなかでしか知らなかった自由をやっと手に入れられるのよ。そうやって家と夫、今となっては嘲笑すべき二つの権力がふるう暴力ときっぱり手を切るのだという。けれどダリラは、妥協なんてするものか、それに結婚なんてしない、と繰り返した。うちの親が無理やり結婚させるなんてあり得ないともつけ加えた。

ダリラはもう一度、母親と友だちがしているおしゃべりを中断しようと決めた。ムスタファのことはすっかり忘れ、別のことをしゃべり続けている。最初に何度か控えめに頼んでみたものの効果はなく、辻公園の母の友だちはダリラの言うことを聞いてくれたのに一向に話の続きをしてくれないし、ダリラはコウノトリのようにときどき立ったままうとうとしてしまうが、母親から腰の不意打ちを受けて突然目が覚めた。起こされたそのとき、友だちはおねしょをした子どもの話をしていた。病院のベッドにいるムスタファのことだとダリラは思ったが、そうではなかった。無料診療所で出会ったカビリー出身の友だちの家のこと、自分の五人の娘たちのことを話していた。下着や布巾、シーツやテーブル掛け、ベッドカバーなどの洗濯を昼間にする。サルアルを腿までたくしあげると自分の洗濯用のパンツになり、オモ〔洗剤メーカーの名〕の洗剤を入れた浴槽に洗濯物を午前中に浸しておく。それから裸足になって浴槽に入り、一時間あまりゆっくり丹念に踏んで垢を出していき、水が濁るまでそれを続ける。洗剤でしっかり洗って、水ですすいで、絞る。これを何度か繰り返す。シーツやカバーは四つ折りにして浴槽のそばのラジエーターの上に置き、それから夫が苦労して台所の窓に沿って張ったビニールのロープに広げて干した。学校が休みのあいだは娘たちが手伝ったのだが、小さなものだけだった。娘たちは浴槽のなかで好きなように洗って少しのあいだだけ楽しんだ。二人して浴槽に入って洗濯物を踏みつけ、笑ったり叫んだり。かなりうるさいが、母親は夫が帰ってくるまでは何も言わなかった。

一番上の娘が学校から戻って経血のついた下着を見せるようになってから、夫が帰宅する前に月二回、母親と娘はこっそり夜中に生理帯を洗った。昼間、夫と男の兄弟がいないあいだにそれを干すのだ。乾ききらない時は台所のロープにズボン、スカート、シャツだけを吊るしておいた。肌着はそこには干さなかった。娘たちの部屋、息子たちの部屋のラジエーターにそれぞれのパンツをのせておいた。人の目に触れてほしくない夫と自分の下着は、生理帯とおなじように洗ったものをすすいでから、干すのだった。寝室の大きな洋タンスの下段には食料品屋からもらってきた段ボール箱があって、まだ湿っている洗濯物をそこに入れて翌朝一人のときに干すようにした。娘が五人いると何でもこんがらがってしまう。みんな年子で一歳ちがいだが、ほぼ同時に初潮を迎え、娘たちがあの白い棒、いつか社会保護士が言っていたもの、そう、「タンポン」と呼ばれる処女を奪いかねないあの恐ろしげな棒切れを使うのは論外だった。母親自身も使うのは避けてきた。薬局で、あるいは歯医者や無料診療所でたまに見る雑誌の広告で見たことはあった。近所のフランス人も教えてくれて、わざわざ実物を見せてくれたが心のなかでは悲鳴をあげてしまい、フランス人のまえではアルジェリア人やモロッコ人の友だちとするようには叫び声はあげずに、あんなものを絶対に体の奥に押し込むものか、神への冒瀆、悪魔の行いだと言ってやりたかった。そのフランス人が箱から「タンポン」を躊躇なく取り出しながら、フランスでは女性がどれだけ進歩したか説明しだすと、ほとんど目をつぶっていた。「甘草の棒みたいな」タンポンがしっかりフィットして、と言ったときはじめて目を開けたが、こんなに長くて硬い木の枝みたいのを入れるなんて、と思った……こんなのを使わせたら娘を結婚させられやしない……彼女はまさしく「タンポン」がもとで騒ぎになった団地の階段での一件を思い出した。十二階に住む知り合いの十五歳になる娘のことだ。ある日、その娘が泣き叫びながら階段を降りてきた。エレベーターはまた故障していて、娘の後ろからは父親が、寄宿舎だ、施設だ、矯正センターだと脅しの声をあげていた……父親がある夕方に洗面所を使っていたら、娘が普段だったらマットの下に隠すはずの、置き忘れたタンパックスの箱に出くわした。シテの夫のなかにはフランス女性と関係を持つ者もいて、妻に知られることなく数カ月、さらには数年つき合うことがあった。そんな男たちはフランス女性の家で隠さずに置きっぱなしの「タンポン」を目にするものの、彼女たちに使うな、とは言えなかった。しかし、自分の家で父親はムスリムの礼節をまもる規則から少しでも外れるものは許せなかった。激怒して洗面所から出てきて、タンポンの箱を振りかざし台所にいる妻の鼻先に箱を突きつけた。「これを使ってるのはおまえか?」。「何?」と妻が見て、家でそんな包みを目にして驚いた。「どこにあったの? 何それ?」。夫は言った。「知ってるはずだ」。「私じゃないわ……」。瞬時にして二人は娘がこのタンポンを使って月に何日か自然の摂理に反する行いをしていることを理解した。娘は部屋にいた。ジャニス・ジョプリンがかかっている。妻も夫も我慢ならず、それでも娘がコレージュから帰宅するとすぐにかける曲だ。父親は箱をかざして部屋に突進した。娘は父親が襲いかかってくるのを見て叫び声をあげようと口を開けたが、そのまえに父親に激しくぶたれ罵詈雑言を浴びせられた。おまえはもう処女じゃないな、ふしだらな女め……家の恥辱だ。娘は首尾よく身を起こし何度か殴られたものの部屋のドアにたどり着き、ついで踊り場に通じるドアを開けた。父親が追ってくる。とにかく建物の下へ、行くあてもなく娘は逃げに逃げた。父親は降りてきた階段をまた昇り、踊り場のダストシュートに箱を投げ捨てた。家のドアをバタンと閉め、娘もおまえも売女のタンポンなんか使ったら殺すぞ、と妻に言い放ち、また家を出てその素振りを見せず娘を探した。レストランをやっているチュニジア人の友だちのところに夜は身を落ち着けようと決めた。娘は父親より先に帰宅してから部屋に閉じこもり、台所で一生懸命菓子の生地をこねている母親とは口をきかなかった。母親は合成樹脂のテーブルの上で手を動かしていたが、そのテーブルはスツール二脚とセットで隣りのフランス人からもらったもので、その夫の母親が亡くなったことで相続した家のある地方都市へシテから越すとき、絶対来ないと知りながらも、ぜひ遊びにきてねと伝えた。

カビリー出身の友だちの夫は仕事から戻ったとき、すべてが自分のために支度されていないと機嫌が悪くなった。朝出かける前に指示したとおりのコーヒーかお茶、盥《たらい》にぬるま湯を張って消毒液を少したらしたもの、軽石とタオルといったものだ。夫はカビリー式のやり方を何でも踏襲し、家庭にまだ残っているこの伝統がとりわけ気に入っていた。それは疲れを癒してくれた。帰宅して椅子に座るなり、小さな娘の一人が盥のそば、父親の足元にひざまずく。娘は靴と靴下を脱がせ、軽石で丁寧に片足ずつこすっては拭き取り、盥の近くに置いたバブーシュを差し出す。娘たちは毎日順番で父親の足を洗っていた。息子は絶対にそれをしない。娘たちはそういうものだと思っていた。それは娘と女が受け持つべき慣習だった。だから自然とそれをしていたのだが、ある日、無邪気にそれをフランス人の友だちにしゃべったら、彼女たちは一様に驚きの声をあげ散々笑われた。カビリーの娘たちは最初びっくりしたが、これは黙っておくべきこと、自分たちには普通のことが世間ではされていないことなのだと理解した。娘たちはそれを口に出さず父親の足を洗い続けた。ときには母親にもそうすることがあり、娘の一人がなぜ女の子だけがするのかと母親に訊いた。「そういうものだからよ」と母親は答え、何度も訊き返すとお黙りと言い、盥にぬるま湯、それと軽石を持ってきてと言った。そう言われた娘は、テレビの前に座っている母親にときどき熱い塩水に浸していた軽石を取って渡した。母親は背中が痛いとき、腰を思いきり踏んでと娘たちに頼んだ。ござの上に腹這いになって、娘たちが代わる代わる腰を踏みつけてマッサージをする。体が楽になると、お祈りをした。夜、それほど疲れていないときは、娘たちに郷に伝わる物語を聞かせる。娘たちの近いところ、ベッドの上に座り、短い祈りである開端の章「ファーティハ」を教えた。三人の娘はそれから毎晩眠る前に母親がキスしに来ると、それを唱えてみせた。三人そろって暗唱すると母親は一つお話をするのだが、怖いお話なので三人のうち二人はもう一回してとせがみ、興奮気味に怯える娘たちを見て母親はうまくいったことに満足して、もう少しいっしょにいようと娘の部屋に残り暗がりのなかで再び語り始めるのだが、たいていそのときはテレビの前に座る父親の膝にのった一番下のチビが「ムマ、ムマ」と呼ぶか、あるいは男の子のうち誰かがトイレから大声で「ブラク」、つまり小さな水を入れる容器を持ってきてと叫ぶのだった。その前に入った誰かがトイレに水を入れるのを忘れていたのだ。ムスリムではない「ガウリ」のように尻を拭くのは不潔で嫌だった。用を足した後には絶対洗わないし、紙も薄すぎて指はずっとウンコ臭いだろう。母親は哺乳瓶を作ったり水をみたした「ブラク」を持って行かずにすむときは、娘たち三人に取り囲まれて大きなベッドの上にいっしょにいる……「袖なしや胸が大きく開いたり、スカートでもワンピースでも丈が短くて踝が隠れない服を着ている女の人はみな、慎みのない服が裁かれる最後の審判の日には手足、体を切られてしまいました。肘から手を切られた女、腕をそっくりもぎ取られた女、膝から下を切られた女、首から上をなくした頭のない女もいました……」。このお話をちゃんと覚えて知っている娘たちは毎回聞かされるたびに、胴体だけの女、首なしの女を想像して目をかっと見開き……そして母親を見るのだった。外では絶対に腕や足は見せず、上着やブラウスはいつも首の上のところで締まっていた。最後の審判の日に胴体を筒切りにされたり頭をもぎ取られることはないだろう。けれど娘たちはどうか？　膝丈のスカートをはき、夏は半袖のブラウスやTシャツだった。シテが暑いとき、それに父親の帰りが遅いときにはタンクトップにもなった。そんな娘たちは？　母親はこう言って安心させた。まだ大人にはなっていないわ。女の子は女の子の格好をして大丈夫。大人になって、生理が始まったら着るものの決まり事を守るのよ。でも、お尻やパンツを見せちゃだめ、ゴム跳びや縄跳びで遊ぶときは特に気をつけなきゃ。娘たちは答える。「分かった、ママン。うん、イマ」。母親は毎晩、おねしょはだめよと言って娘たちにキスして部屋を出ていくが、その前に、最後のキスやもう一つお話をとせがまれることもあった。ただし三人は、「魔法使いの女の人がいて、その子どもが母親である彼女を土のなかに埋めようとするけれど、どれほど大きく広く深い穴を掘っても、地面が魔法使いを嫌がって絶対に埋められないお話」はいや、とそろって言った。とても怖いお話で必ず誰かが夜中に叫び出すし、その魔法使いのせいで真っ暗闇のなかでトイレには行けないと言う。母親は笑いながら最後のキスをして、ドアを少し開けて部屋を出る。それから夫とテレビの前でもう眠っている息子の面倒をみるのだ。

　この話を続けるアルジェリア女は、娘に赤唐辛子のお仕置きをした近所のカビリー出身の母親の話をはじめた。輪を囲むファティマの友だちはみんなこれをやめさせようと盛んに合図を送ったが、はっきりやめてとは誰も言えなかった。女は周囲の非難めいた身ぶりや顔つきなどお構いなしに話を続けた。話が止まったとき、前に聞いた別の赤唐辛子の話がまた襲いかかってきて、女たちはしょっちゅうあるようにみんないっせいに憤慨の声をあげた。子どもをぶつことはある、それは仲間うちでよくしゃべることだ、でも唐辛子はありえない。「フンメイ」――「文明」のことをこんな言い方をする者もいた――からほど遠いカビリーの山奥で家畜といっしょに育てられた野蛮な女にちがいない。ファティマは急に心配になってダリラに身を寄せた。そこにいるのを忘れていた。ずっと長いこと、何も言わずにこれまでの話を全部聞いていたのだ。あれこれ構わずしゃべったことを全部聞いていた。ファティマは七歳の小さな娘を腰で突いた。「ほら、あっちで遊んでらっしゃい、ほら、ね」。ダリラは母親のスカートのひだをつかんだまま、母親の腰の後ろに手を回した。「でも」とある女がファティマに言った。「見てると半分は眠ってるみたいだから全部は聞いてないわよ」

　女たちが自分を母親から引き離すことはないと確信すると、ダリラはアイシャの友だちを見つめ、小さな声で言った。「ムスタファは？」。「何を知りたいのかな？」。「ムスタファは一人で病院にいるの？　長くいるの？」。母親のまわりの女たちが続きを訊いてくれないと、ダリラは知らないままになってしまう。女たちがこう叫ぶのをダリラは待っていた。「ああそうだった、小さなムスタファ、かわいそうな坊や《メスキーヌ》、まったく……運よくダリラもここにいるし……」

「ムスタファのお母さんは社会保護士が調査に来ると一言も口をきかずにじっとしていました。アリが質問に答えているあいだ子どもの面倒を見ていました。月曜の午後、子どもを預かってくれれば妻を連れてムスタファに会いに行けるとアリは保護士に言ってみたのです。アイシャは一人で外出したことはないので、ムスタファを家に連れてきてほしいとアリに頼んでいたのでした。

小児科病棟では、アリはもう知っている部局まで院内を迷わずにたどり着きました。アイシャはアリのあとをついて行きます。アリの背中しか見えません。病棟へ通じる遊歩道でアリは何度もおれの腕をつかんでと言ったのですが、アイシャは夫と並んで歩きたくはありませんでした。流行遅れの、けれどまだまだ着られるグレンチェックの上着の柄をずっと見ていました。アリの後ろをついて最上階までたどり着くと、すでに二回ムスタファを診てくれた医者が出てくるはずでしたが、その日その医者はいませんでした。看護師が別の階を教えてくれました。その階にある小児病室にムスタファがいるはずです。二人は通路の突き当たりにあるホールで、柘榴色の人工皮革を張った椅子に少し間をあけて並んで座って待っていました。アリは妻を見ました。アイシャの表情はきびしく、それぞれの手を膝に置き、何も言わず放心しているように見えました。後ろにベルトがついた薄緑色のコートをはおり、アリが買ってくれた新品のスカーフをかぶっていました。外出する時は必ずスカーフをかぶり首のところで結えました。アリが妻に話しかけようとしたちょうどそのとき、看護師がやってきました。ついてきてください、と二人に言いました。

　アイシャはすぐにムスタファがわかりました。ベッドの上に座って一方の腕は肩までギプスの石膏がはめられていました。坊やは自由のきく手で絵本をめくっています。アイシャは立ち止まり、そして息子を見つめました。坊やは、アイシャの小さな息子は、病院のベッドで初めて発見した絵本の絵を真剣な面持ちで見入っていました。《ほら、『ラーアン』〔フランスのコミック。先史時代を舞台にするヒーロー物語〕よ。子どもはみんな好き》と看護師は絵本をわたしたのです。筋肉隆々で颯爽と駆け回るラーアンという名の白人の主人公のことなど知らずにムスタファは本を手に取りました。子どもはまだフランス語は分からず、看護師は自分とおなじ言葉をこの子が話さないということがすぐには分かりませんでした。気がついたのはアンティーユ人の看護助手でした。《あら、この子が話すのはアラビア語だわ、フランス語じゃない》。それからはこのアンティーユ人がムスタファの面倒をみました。

坊やは頭を上げると、アリの前に立った母親が目に入りました。そして声をあげました。《イマ、イマ》。アイシャは息子に駆け寄り、きつく抱きしめキスをしました。アリは身をかがめ、落ちた『ラーアン』を拾いました。ベッドのそばの椅子に座り、ムスタファのギプスを触りました。《かたくてりっぱな石膏だね。見ててごらん》。ボールペンを出して、石膏の一番平らな部分にアラビア語とフランス語でムスタファと書きました。《おまえの名前だよ》。ムスタファは自分の兄弟姉妹、お父さん、お母さんの名前も書いてと言いました。アリは新たに、二つの言葉で家族全員の名前を息子のために書きました。《私の坊や、小さな坊や、私の息子、男の子》と言ってアイシャはムスタファの顔を撫でます。母親が息子といられるようにアリは病室から出ました。午後四時でした。ムスタファはお腹が空いている頃です。アイシャは坊やと二人きりで、子どもを寝かせるときのように静かに、ささやくように話しかけました。アリが戻ってくるまでムスタファの好きなお話をずっとしていました。三人でお菓子を食べました。アリは時計を見ました。家までは長い道のりです。もう帰らなくちゃいけないことを妻に告げました。アイシャは自分のバッグをごそごそ探し、ミニカーを二台出しました。ムスタファのお気に入りで、救急車と黄色の警告灯がついた赤い消防車でした。アイシャは坊やに車をあげて、抱きしめてキスしました。またやって来るでしょう。ムスタファは悲しくはありません。泣きませんでした。母親にも父親にもぐずったりせず、《明日も来るよね？》と言いました。アリは《来るよ》と答えました。看護師長の女性は二人に、子どもは三週間は病院にいて、そのあと数カ月のあいだノルマンディーの一般家庭が預かることになります、と言いました。判事の決定です。アリは知っていましたが、アイシャはフランスの法律がどうなっているかアリが説明してくれたのを忘れていたのでした。メトロのなかで、アイシャはアリに訊ねました。これからどうなるかアリは言いました。アイシャは声を立てずに泣き始めました。アリは妻の手を取ってメトロを降りるまでその手を放しませんでした。一家は引っ越すのです、子どもたちといっしょにノルマンディーまでムスタファに会いに行くでしょう。部屋が四つもあれば、あんなことはもう起こりません。すでにあるシテに一戸、あてがあるのです。おなじコンクリートの建物がずらりと並ぶ団地でしたが、アパルトマンは快適です、浴室と台所、それに部屋もいくつかある……ちゃんと決まったらすぐアイシャを連れて見せに行くでしょう。

次の月曜日に社会保護士は子どもを預かると言ってくれました。アリとアイシャはまた病院に出かけ、子どもを受け入れる家庭の住所を手に戻ってきました。アイシャは厚紙でできた小さな旅行カバンにムスタファの衣類を入れ、アリが店のそばの本屋で買った『ラーアン』を何冊か、雑貨店のショーウィンドーで見つけた馬に乗ったものとカヌーを漕ぐインディアンの人形二つ、それとアイシャが作ったムスタファが好きなお菓子を包んで入れました。お菓子は悪くならないでしょう。ムスタファはギプスの石膏に書いてくれたように、家族の名前をアラビア語とフランス語の両方で書いたノートがほしいと父親に頼んでいました。石膏はそのうち外して捨てられてしまうからです。アリはノートの最初のページにみんなの名前を書いて、ノートのそばにはフェルトペン一箱も入れました。ムスタファはお絵描きが好きでした。ものがいっぱい詰まったこのカバンはノルマンディーに持っていくものです。

田舎にバカンスに行く、とムスタファのお兄ちゃんたちは言いましたが、実際そんなふうでした。

アリには自動車修理工場で働いている友だちがいました。彼がブルーグレーのルノー5を貸してくれました。オランかその辺り出身の家族に売ろうと友だちが手に入れたものです。オランの一家はフランスから引き揚げて郷に帰ると言っていたのですが、アルジェリア人でもモロッコ人でも最終的に帰国すると言って新品に見える中古車を注文しつつ、翌年にはまた車を注文してくる客が何人もいると友だちは言いました。客はわたした車には乗っていません。向こうに置いてあるのでしょう……翌年にはきっと郷へ戻るのでしょう。

とある日曜日、アリは食料品屋を閉めました。アイシャは朝早くに子どもたちの支度をして籠に食べ物を詰めました。とりわけその日は上の子も下の子もきちんとした身なりをして気合いを入れました。長男が言うように《フランスのフランス人の家》を訪問するのです。一カ月間臨海学校に行ったとき、パリを出発して初めて目にした海まで唸って走るバスのなかから、ほんの少し見えただけのフランスの田舎の住人と話をするのです。

アリはムスタファの受け入れ先には午後の早い時間に到着すると知らせておきました。これまで行ったことのないノルマンディーの道路地図を買っておきました。フランスに来て以来、住んでいる地域から外へはほとんど出ていません。ランジス〔パリ南方、オルリー空港そば。中央市場がある〕が一番遠出の場所だったのです。それほど車は運転しません。免許証はあまり役に立っていませんでした。知らない田舎の村に車で行くという大それた考えに不安になって、地図を一生懸命読み込みました。受け入れ家族は大きな農家でした。高速道路は使いません。静かな県道が好きでした。途中で通る町や村の名前を紙に記しておきました。エヴルー〔パリ北西ウール県の県庁所在地〕方面へ行けばいいのです。ムスタファのいる村はエヴルーの森の南、地図で緑色になっているところの下にありました。アリは軍の参謀本部が使う八万分の一の細かすぎる地図を見るのにとても苦労しました。まちがうのは一度では済まないだろうと思いました。だからその日曜の朝は早い時間にみんなを起こしたのです。出発するまえにもう一度、リストにした町の名を書いた紙があるか確認しました。暗記するのは大変です。全部聞いたことのないフランスらしい地名だからです。エグルモン、フラン、フォントゥネー＝モーヴォワザン、サン

＝ティリエ、ガランシエール、レ・ミニエール、そしてようやくムスタファの村。リ・ニュ・ロ・ル。アリは大文字で書いておきました。

五月のことです。長いこと店の奥にある二部屋だけに閉じこもっていたアイシャは子どもたちと笑い、子どもたちは車の窓をいっぱいに開けて通り過ぎる車や風、自然の風景に声をあげて興奮しました。丘や水路、小さな森を通過するたび車を停めてとせがみます。おしっこを口実にするのですが父親は真に受けません。アイシャは自分がわくわくしているのが分かりました。こんなお天気の日、寒さがやっと和らいだ故郷の村を囲む山道を難なく駆けまわる少女に戻った気がしました。野外でピクニック風に食事しようと車を停めると、アイシャは草の生えた道を素早く歩いて、赤ん坊が入っているかのように身を屈めて食べ物の籠を置き、小走りに戻ってきました。アリは布を広げて食べ物を並べました。アイシャは食べ物をアリにまかせておきました。アイシャが何か歌っているのが聞こえました。アリも知っている郷《くに》の歌だと分かりました。末っ子の赤ちゃんを両手で抱いて、踊るように回っています。男の子たちはずっと田舎で育ったかのように、木や垣根に石を投げて遊んでいます。アルジェリアの村にみんなを連れ帰って暮らそうとアリは再び思いました。こんな郊外で大きくなっていったり、F5の住居があってもこんなシテで年老いていくのは嫌だったのです。コンクリートの都会から、土混じりの芝生から、埃っぽい悲しい辻公園から家族を救い出そうと心に決めました。叔父さんがアリに家を譲ってくれるはずでした。そこでアイシャと暮らそう、子どもたちと暮らそう、石ころだらけの二つの道が交わり生垣が蔭になったこうした場所でピクニックするように、みんな自由で気分よく暮らそう。アリは立ち上がりアイシャをきつく抱きしめ、赤ん坊は両腕で抱えました。思いがけずに妻が幸せそうだったのがうれしかったのです。アイシャもアリを抱きしめました。

一家は草の上で昼食をとりました。

村に着くと、アリはルテリエ夫人の家がどこか訊ねました。集落の高台のほう、緑色の鎧戸で広い裏庭のある家だと老人は教えてくれましたが、きょとんとした目でアリを見るので、たぶんアラブ人を見たことがなかったのでしょう。あるいは田舎の農家でまだ見つかる植民地時代の絵葉書でしか見たことはなかったのでしょう。それは国の隅々を見てみたいと北アフリカに旅立った冒険好きな息子が送ってきたものだったりするのですが、そんな葉書の下には必ず大文字で《場面とタイプ》と記されていました。その横には小さな字で、若いモール人、アフリカのモール人、モール人の踊り子、アラブ人の女たち、アラブ人の家族、墓地に行くモール人、美しきファティマ、アイシャ、ゾフラなどなど……フランス人の家庭が取っておいた絵葉書は、息子の、植民者の、フランス帝国の思い出であり、それに写真にうつる女の人たちはきれいでした。胸を出したモール女など安い額縁に入れて食器棚や暖炉の上に飾る代物ではありません。箱にしまって客を招いた時や子どもが寝静まってから取り出して眺めるのがふつうです。もしルテリエ夫人の家にそんな植民地時代のモール人、あるいは単に北アフリカの風景写真の絵葉書でもあったとしたら、一家の息子か兄弟、あるいは従兄弟がアルジェリア戦争に行ったか兵役を務めたからでしょう。

緑色の鎧戸がある家の門の前でルノー5は停まりました。アリが車を降りました。子どもたちとアイシャは車内で待っています。犬が吠えました。家の扉が開きました。まだ若い、がっしりした女の人がアリに近づいてきました。ルテリエ夫人は、家族みんなで家のなかにどうぞお入りくださいと言いました。アリ一家は薪レンジの上でコーヒーが温まっている台所を突っ切り、薪を積んだ貯蔵室の裏を通って、そこで夫人がドアを開けると食堂がありました。あまり人の来ない、よく整頓されて清潔な涼しい部屋です。テレビは台所にありました。高い背もたれのついた椅子が六脚、きっちりテーブルを囲み、二脚はそれぞれドアの両側の壁につけられていました。食器棚はどっしりしたテーブルとおなじくらい横長で高さもあり、二台を合体させた大きなものでした。ルテリエ夫人はアリとアイシャを座らせました。上の子どもには庭に行ったらと言いました。《犬はつないであるから大丈夫。怖くないわよ》。上の男の子二人は石段を降りて庭に行きました。よいお天気でした。《村の通りのほうにも行ってみればどう。庭の奥の開き戸から行けるわよ。ムスタファがいるかも。ほかの子と遊んでるわよ。いつも外にいるの。あの子、田舎が好きなのね》。夫人はコーヒーをペアカップに入れ、お菓子を脚付きコンポートに載せて出しました。おしゃべりな人でした。ムスタファのことをたくさん話してくれました。自分にも四人の子どもがいて、みんなムスタファとなかよくやっていること、ノルマンディー訛りのフランス語を覚えて、ムスタファもこの辺の子とおなじような発音をして笑ってしまうことなど。農園は夫人が手入れしています。旦那さんは一日中畑に出ています。末っ子をもうトラクターに乗せているので、ムスタファからも乗せてとせがまれ、旦那さんは子どもに甘いのでムスタファを仕事に連れて行き、目を離すことはありませんでした。垣根の手入れをしているときにはムスタファにナイフの使い方を教えて投げ矢を作りました。手渡されたハシバミの小枝で、ムスタファは注意深く器用に削ってみんなの分の弓矢を作りました。旦那さんといっしょにいるのが好きで、一日中家畜市に二人でいたこともあります。この辺の言葉をしゃべらない、浅黒い肌をして髪の毛がくるくるの息子を冷やかす人もいました。でもムスタファは難なく村の人に受け入れてもらえました。アラブ人、さらには黒人のことがいっそう嫌いな土地柄でしたが、おとなしくて陽気でよく笑うこの子はすぐにみんなから好かれました。慣れていないだけなのです。夫人にはアルジェリアに住んでいた甥っ子や近所の知り合いがいて、いつか農園の手間が要らなくなったらそこへ行くつもりでしたが、村から外に出ることは滅多にありませんでした。パリに行ったことはありません……アルジェリアに住んでいた家族の写真や何年も前にもらった絵葉書をアリたちに見せてくれました。椰子の木、光、海……それを取り出してときどき見るのが好きだったのです。アルジェリアのどの辺りから来たのか、夫人は訊きました。そして子ども用の世界地図を取りに行きました。従兄弟たちが住んでいた辺りはもう知っています。アリとおなじかもしれません。アリは地方と村の名を言いましたが、地図では見つけられませんでした。夫人はコーヒーのお代わりを淹れて、女の子にはキャンデーをくれました。赤ちゃんの哺乳瓶を温めて来るわねと言いました。よく話し、動きっぱなしの人です。ドアが開きました。《あら、ムスタファだわ》。真っ赤な顔で息を切らし、ムスタファは駆け寄って父親と母親に抱きつきました。そして外を見せたいのでしょう、いっしょに出ようと引っ張ります。ルテリエ夫人はアイシャに赤ちゃんを置いてムスタファと農園を見に行ったらどうかと提案しました。ムスタファは母親の手を引っ張ります。アリは夫人と残ります。坊やは母親に、鶏や兎、牛それにもっと遠くの豚小屋まで案内しました。豚は大きくて、小屋の扉に何匹か突進してきたときアイシャは思わず後退りしました。ムスタファはげらげら笑いました。よその家でなければアイシャは鼻をつまんだことでしょう。ムスタファは自分の遊び場所、小屋、自分の小さな畑を案内しました。ここの土を掘り起こしてほぐし、種を撒き……もうじき収穫できるでしょう。これらすべてを息子がアラビア語で説明したので母親は安心しました。フランス語しか話さず、日曜には教会に行って豚を食べる……アルジェリア人のやり方など知りもしない外国人の家で、ノルマンディーの農家で暮らすのは辛いだろうと想像していたのです……ムスタファはまだ割礼していませんでした。

ルテリエ夫人はアリたちに甘くてクリームたっぷりのおやつをたくさん出してくれました。夫人の子どもたちもいっしょでした。旦那さんは夕方六時か七時にならないと帰ってきません。森の手入れもしていました。

おやつは台所で食べました。

ノルマンディーから戻ると、子どもたちは自分たちも田舎にバカンスに行かせてと不平を言いました。こんなの不公平だよ……。

ルテリエ夫人はアリに、次の夏のバカンスには男の子のどちらかがムスタファとここで過ごすといい、と言ってくれました。まだ妻には話していません。上の子はアルジェリアの叔父さんのところに、たぶん次男を七月にノルマンディーに行かせようと考えていました。小さい下の二人はずっと家に置いて、パリや近郊の公園や森をできるだけ散歩させようと思いました。ムスタファは九月までノルマンディーの里親の家にいるのです。もしよければバカンスのたびにムスタファを預かってもいいと夫人はアリに言いました。その夏と次の何年かの夏には、ムスタファはノルマンディーのルテリエ家で過ごしたのです。アイシャはラ・クールヌーヴのF３へ引っ越した時、自分もアリもそんなに歳をとっていないと思ったのでした」

ファティマの友だちはダリラのほうに身を屈めた。「ね、小さなムスタファは……そんなにかわいそうじゃないでしょ。でも里親っていつもこんなだとは限らないのよ」と友だちはつけ加えた。「社会保護士から聞いた話だけど、ムスタファみたいに田舎の一軒家に預けられたアンティーユの女の子が里親にぶたれて火傷を負わされたって。両親があまり会いに行かなかったから、すぐに気づかなかったそう。里親は訴えられて、女の子はもちろんほかの家に預けられたんだって。ねえ、ダリラ、ムスタファみたいに田舎の農家で暮らしてみたくない？」。「いや」と言って、ダリラは母親にいっそう強くしがみついた。ファティマは、ノルマンディーでもシャンパーニュの田舎でも、フランス語より方言をしゃべり、家のすぐ近くで豚を飼っているカトリックの農家に自分の子どもが一人でも引き取られてしまったらと考えてぞっとした。アルジェリアの家族のもとへ送ったほうがまだましだ。

ファティマはフランスの農民について何も知らなかった。犠牲祭のときには、家の男たちが集まってノルマンディー辺りの農家へ羊を買いに行くという話を聞いたことがある。それはさながらら、自分で買ったか人から借りたかした中古車の隊列で、一団の先頭にはフランス人の農家を介して顔見知りになった養羊業者との交渉に手慣れた者が陣取った。フランス人向きのまるまる太って脂肪がのった羊はだめだ。そういう肉は断食開けの祭りにはまずい料理にしかならない。買った羊は生きたまま四肢を締め上げ、プジョーやルノーのワゴン車の後部に横に寝かせて帰途につく。

犠牲祭が近づいたときや、男たちが生きた羊を引き連れたり運んだりするとき、ファティマはシテに住むフランス人の女たちがこれを話題にするのを聞いたことがあった。残酷、アラブ人、野蛮、習慣、アルジェリア、カビリー、ムスリム、そんな言葉が、スーパーマーケットからの帰り道や、クリーニング屋に行く途中、子どもの学校への送り迎えに交わされるフランス人の主婦たちが玄関ホールでする会話から何度も聞こえた。

車から降ろした何頭もの羊が団地棟下の一画に集められると、人だかりができてちょっとした騒ぎになった。フランス人の子どもたちが駆け寄ってきて、歩道の脇に寄せられた羊をどうするのかと訊いてくる。殺すんだ、と言っても子どもたちには分からない。農家など一度も行ったことのない子どもたちだ。

それでアルジェリア人の子どもたちが、どんなふうに浴室で羊の喉を掻っ切るか細かく説明を始める。うえっと顔をしかめる子もいれば、「ぼくも見ていい?」と言う子もいる。「だめ、大人の男の人しかできないんだ。子どもは入れない。たまに見ちゃうこともあるけど、隠れて見なきゃ、とくに女はね」。「お父さんに見せてってたのんでよ」。「だめだよ、いやだって言うよ。家族だけでやるんだ。叔父さんと従兄弟たちでね」。ファティマは浴槽の下、タイル張りの床で犠牲となる動物を殺すところに一度も立ち会ったことがなかった。郷《くに》では外でやるので、地面がその血をすっかり飲み込んだ。ここでのやり方は凄まじい。一度、ダリラは気づかれないうちに浴室にもぐり込んだが、急いでつかまえられて追い出されたことがある。父親が長男である弟を呼んで、やり方を覚えさせようとした。一家の長は鋭利な長ナイフで羊の喉をどう掻っ切るか心得ていた。長男は十歳を過ぎたらその手ほどきを受けるのだが、羊が跳びはねながら断末魔の鳴き声をあげるのに慣れていくのがふつうだった。ナイフを片手に大人の男はもう一方の手でしっかり鼻面をおさえ、別の男の手が四肢を力いっぱい押さえつける。動物の首の急所を勘で探り当て喉を掻っ切ると血がどっと溢れ、羊はひくひく痙攣して果てる。タイル床に血が流れ出すが、そうなる前にできるだけ早く浴槽に羊を入れなくてはいけない。弟は流れる血に怖じ気づいてよろめいたが、男たちは気づかなかった。そのときダリラは、誰にも言うなと弟が手で合図したのを見逃さなかった。血が出きったところで、羊を一種の枠のようなものに吊るして固定し、皮を剥ぎ、切り開き、大量の水で洗う。血が混じった水が溢れそうになる浴室からただよう臭いは強烈で、事を終えて男たちが出ていったあとで、飛び散った血で汚れた室内をファティマが雑巾で拭き取って後始末するときには、その悪臭をできるだけ忘れようとした。バケツに集めた臓物は包んでダストシュートに投げ入れればいいとファティマは考えて、新聞紙、ビニール袋、紐をあらかじめ用意しておいた。女たちはそれから肉をかたまりに切り分け、それぞれおなじになるように分けあった。

団地の下に連れて来られた羊の群れを見てフランス人の女たちがあれこれ口にしたのを思い出してファティマは、あれから羊が階段をつたって上階にあげられ、アラブ人の住むアパルトマンにそれぞれ入るところもあの人たちは見ているのだろうかと考えた。浴槽が血でいっぱいになるのを想像して嫌がっているんじゃないだろうか？　しきたりどおりに喉を搔っ切った羊の切り分け肉をラ・ヴィレットのそばのチュニジア人卸売りから買ってくればどうかとファティマは夫に言ってみた。だが、犠牲祭の羊の喉は必ず自分で搔っ切り、それを息子たちに教えることで、あいつらはフランスで生まれたがフランスの者ではないこと、自分たちの祖国と信仰があり、法律や政令でフランス人にもなれるけれど、とにかく何よりもアルジェリア人でムスリムだということをしっかり覚えさせるのだと言って聞かなかった。それから決まって、自分が死んだ時の話になり、その機会がきたらすぐにでもメッカ巡礼に行くのだと繰り返す。

ダリラは二人がメッカ巡礼のことを話しているのを以前にも聞いたことがあり、家出の前夜もファティマが夫にまた、なぜそんなことを決心したのかと訊ねた。死ぬ前にメッカをこの目で見たい、それだけだ、と彼は答えた。「遠いんでしょ、もし戻れなかったら?」とファティマが言う。「子どもたちと迎えにくればいいさ。それともそこで死ぬってことか。そしたらこの体はメッカに埋めてくれ」と夫は笑って言う。ファティマは夫がある日、ずっと先のことになるが、おそらくメッカまで行ってそこで死ぬのだろうと考えた。そうなったら自分はアルジェリアの村に戻ろう、できたら子どもたちもいっしょに。二人は夜遅くまで話していた。

父親の声は夜になってもいくぶん素っ気なかったが、妻とこんなふうに話すときはそれでもやさしくなる。それは少し歌っているみたいだった。眠る前にファティマは、チビたちの部屋に閉じこもってもうじき一週間になるダリラにキスをしに来た。「わたしの娘よ」とささやいてファティマはダリラの頬に口づけた。翌日この家を出ようと決めていなかったら母親に抱きついて何か話しただろう。ダリラは目をつぶったまま、寝息をたてて眠っているふりをした。ファティマは娘が眠っていると思った。

ダリラが家からいなくなったとき、ファティマはアフルーの絨毯に年老いた女のようにずっと座ったまま、ずっとずっと泣き続けた。

訳者あとがき

本書は Leïla Sebbar, *Fatima ou les Algériennes au square*, Tunis, Éditions Elyzad, 2010 の全訳である。初版は一九八一年にパリのストック社から出ている。最初のこの版に、フランス語圏の小説を旺盛に刊行しているチュニスのエリザド社が作者セバールの序文をつけ、本文にも作者に手を加えてもらって美装のポケット版として再版した。このエリザド版を翻訳の底本とした。

本を開いてあとがきから先に読むという読者は多い。そういう方のためにまず、物語の大筋をお知らせしておく。パリ郊外、シテと呼ばれる巨大集合住宅地に住むアルジェリア移民の娘、中学生ダリラとその母ファティマを中心にした物語である。帰宅が遅いからと父親に暴力をふるわれるダリラは、耐えきれずに部屋に閉じこもって抗議し家出を決意する。学校を休んで子供部屋に籠城するあいだ、彼女が幼い頃に母親とその友だちが団地の隅の辻公園で繰り広げていたおしゃべりを回想する。そしてある日突然、家から姿をくらます。それだけのお話である。語りは複雑で、誰の視点で誰が語っているのか不明瞭なままいつのまにかその視点が変わり、話題から話題へと飛んでなかなか話が進まず、脈絡はあるようでなく、人ともの、出来事が絡み合い、そもそも筋などないのではないかと思えるほどである。物語を一読してようやくこのあとがきにたどり着いた読者は、以上に記したことの大筋にそうだと頷いてくださることを期待する。

背景となる時代は一九七〇年代後半から八〇年頃。七〇年半ばのオイルショックを受けて、かつてフランスの植民地だったアルジェリア、モロッコ、チュニジアなどのマグレブ地域からの労働移民の形態が、男性の単身移住から家族全体が到来する定住というパターンに変わる時期である。大都市郊外に生活する移民第二世代の若者の存在がマスメディアに登場し始める少し前、フランス移民史の一代転換期であった。

作者について

この物語を書いたレイラ・セバールはアラビア語の姓名をもつアルジェリア生まれだが、移民労働者の妻でも娘でもない。また、物語の舞台となった外国人移民が多く暮らすパリ郊外の住民でもない。また、アルジェリア口語アラビア語をうまく使いこなせない。彼女はどんな出自をもった作家なのか。

セバールは一九四一年、フランス支配下のアルジェリアで、ともに小学校教師であるアルジェリア人の父とフランス人の母から生まれ、学校に隣接する教員住宅をほぼ唯一の生活の場として、家族はフランス語を使って育った。父は教師養成の研修で訪れたフランス南西部のドルドーニュで妻となる女性と出会い、彼女をアルジェリアに連れ帰る。植民地の現地民男性とフランス人女性の結婚は稀なことだった。母の周囲にとって伴侶となるアラブ人は歓迎されざる客だっただろう。父は祖国を離れた妻のため、自分のアラビア語とムスリムの伝統を捨てて妻に寄り添った。娘のセバールは両親の赴任先にあわせアルジェリアの各地で十代を過ごし、一九五四年から一九六二年まで続くアルジェリア戦争ただ中の一九六〇年、十八歳で学業のため南仏のエクス＝アン＝プロヴァンスに移り住む。その後パリに暮らし、リセの教師、編集者を経て、移民やフェミニズムに関わる雑誌記事を書きながら、一九八〇年代以降、小説、短編集、エッセイ、フォトエッセイ、自伝的アルバムなどを執筆。また、編者として出身国を離れた人たちによる幼年時代を回想したエッセイ集を数多く編んでいる。本書『ファティマ――辻公園のアルジェリア女たち』（以下『ファティマ』）はセバールの本格的な小説第一作である。

アルジェリアとフランス双方にルーツをもつもののどちらにも根を持てず、両者のはざまからものを書くというセバールの立ち位置は、いわゆるフランス語アルジェリア文学・マグレブ文学を形成してきた、マグレブの作家のバックグラウンドとは異なる。アルジェリアで生まれ育ったフランス人、いわゆるピエ・ノワールの境遇とも異なる。植民地支配によるフランスとアルジェリアの複雑な愛憎とねじれの歴史は、作家の人生に当然刻まれている。武力闘争を経て独立を勝ち取ったアルジェリアは、他のマグレブの国に比してかなり深く暗いもつれを今なお引きずっている。一九八〇年代半ばにフランスで、マグレブの移民第二世代、いわゆる「ブール」の作家が注目され始めたとき、マグレブとフランスの両義的ポジションゆえ、彼女も「ブール」の作家として語られたこともあるが、移民二世ではない。マグレブに出自をもつ移民第二世代の作家や作品については、本叢書《エル・アトラス》の既刊、アズーズ・ベガーグ『シャアバの子供』(下境真由美訳、二〇二一年刊)とその訳者あとがきが参考になる。出身や活動の場所で作家を分類するのは意味をなさなくなりつつあるが、その使用言語と活動の場ゆえ、セバールは自らを「フランスの作家、フランス人だけれど少し特殊」と呼んでいる。アルジェリアに生まれ育ち、アラビア語の名前をもちつつも、父が母のために捨てたアルジェリア、それゆえに自分が身をもって生きることのなかった空白のアルジェリアを追い求めて書き続ける作家と言える。じっさい、彼女のどの作品にもその主題がみとめられる。

はざまに生きる人たちの年代記

セバールの作家活動は自分探しの旅でもあり、第一小説はフランスのなかのアルジェリア探しが元になっていることが次のインタビュー記事からわかる。

フランスに来て自分を模索しながら、なぜか知らずにパリの典型的郊外、ラ・クールヌーヴの辻公園に行ったのです。陰気なその場所では、故郷の女たちが集まっておしゃべりする家の中庭が再現されていました。自分は経験していませんが、頭のなかで想像していたものをそこで見つけたのです。彼女らは座って皆アラビア語でしゃべっていました。まわりには子どもたちがいます。何を話しているか理解できませんが、身ぶり手ぶりを交えて話すのを遠くから見て聞いて、分かった気がしたのです。そうして第一小説『ファティマ』を書きました。ファティマ、シェラザードがいて、それから想像で作りあげた私の部族の子どもたちも。そして気づいたのです。郊外の女たちに近づくのは、私に欠落している何か、つまりアルジェリア人のアルジェリア、私の父のアルジェリアに近づくためなのだと。

（『コンフュルアンス・メディテラネ』誌、二〇〇三年春号のインタビューより）

『ファティマ』は祖国を離れ異郷に暮らす母親たちが井戸端会議をする様子を遠目に見ながら、そのおしゃべりを想像して書かれた物語である。母ファティマをタイトルに入れながら、セバールの視点は、自分の境遇に重なる移民第二世代の娘ダリラ、母親にぴったりくっつき、自分が理解できる噂話の最後がどうなったか知りたくてたまらない子どものダリラにより近い。ダリラの視点、ファティマの視点、それ以上に複数の視点が寄せ集められたテキストとして、母たちが密かに交わすおしゃべり――小さい娘に聞かれたくないこと、例えば、不良グループの抗争、団地地下室のリンチやレイプ、おねしょをして母親に折檻される幼児のムスタファ、逆らう娘に平手打を浴びせる母親、フランス人男性相手の少年の売春、学業の途中で突然国に送り返され強制結婚させられる娘など――が繰り出される。同時に、固有名詞や地名、些細な事物の細かな描写が頻出し、バルベスの安売りスーパータチ、モノプリ、ジャニス・ジョプリン、男性誌「リュイ」、アルジェリア女性たちが好きな香水、サン＝ミシェルの揚げ菓子屋、ウォークマン、エンリコ・マシアス、石鹸や洗剤のメーカー名、少年たちの着るブルゾンのポケットやジッパーの有無など、当時のアルジェリア移民の日常を彩る細部に目を向けさせる。まとまりのない無数のエピソードを『千夜一夜物語』のようにつなげ、脈絡のないおしゃべりから、郊外というフランス社会の埒外に置かれた場所を生きる女たちの物語が紡がれる。じっさい、アルジェリア出身の母親たちが集まる辻公園はパリにある瀟洒な小公園とは別物の、団地棟のはざまにある殺風景なスペースであるし、彼女たちは自分たちにしか通じない方言アラビア語やベルベル語で話しているはずだ。

確かなテリトリーの枠外にある「はざま」にそれでも存在する人、時間、場所を多声的に、というよりむしろ、主人公、その周辺の女たち、見えない語り手、あるいは誰とも名指すことのできない人たちの声と視点をもって描き、セバールは自らのテキストを、はざまに生きる人たちが関わるがらくた紛いの事物や些細な出来事が無秩序に並ぶ集積所にしている。

『ファティマ』は、マグレブ移民の家族が押し寄せた一九七〇年代後半のフランス大都市郊外の集合的記憶、公の記録には決してならない、しかし確実に彼ら、彼女らの生きた時間と場所を、いくつもの声を交差させて記されたテキストである。自身も「はざま性」とも呼ぶべきものをもった作者が、異郷にあるアルジェリア女性たちに寄り添って書いた、一九七〇年代のアルジェリア移民女性の年代記でもある。フランス統治時代、フランス人の家で女中として働いた現地民女性は皆「ファティマ」と呼ばれていたことも想起したい。

おしゃべりの迷路

この作品は社会的・歴史的記録の貴重な一面ももっているが、雑多な声とエピソードの重層的なブリコラージュから浮上する詩学とも呼ぶべきものが一番の魅力ではないか。その点に引きつけられて訳者は翻訳にとりかかったが、いざ作業にあたってみると物語の時系列や事実関係の不整合に予想以上に遭遇し、頭を抱えてしまった。一家は九人構成、父と母、長女で長姉であるダリラと弟（モハメド、ムルード、アリ、カーデル）と妹（ジャミラ、サフィア）七人。子どもはもしかしたら八人になるかもしれない、と言っている（四三頁）。そのうえで、一家がアルジェリアから車に積んで絨毯を持ち帰ったときは、ダリラは六歳だった（一九頁）。団地に着いて四階の自宅まで弟たちが担いで絨毯を運ぶのだが、モハメドとムルードは年子としても五歳と四歳。そんな小さい子が果たして運べるのだろうか。絨毯のこのエピソードは車のたどる旅程も地図で確かめると釈然としない。そんな箇所が多々ある。ファティマがお手伝い先からもらうスカートは二枚なのか、同じ一枚なのか。一枚は「紺と白の格子柄でウール混のプリーツ」（六〇頁）で、もう一枚は「栗色とベージュの大きな格子柄のプリーツ」（一二一頁）と微妙にちがう。お手伝い先の「フランス人の家の奥さん」は美容師のバベットとはちがう女性なのか。そういう疑問がわいて、訳し間違いかと訳した箇所を見直すことが多かったので、作者ご本人に質問をいくつかした。私が個別に指摘した複数の質問をひとまとめにして、「おっしゃるとおり。小説の語りは辻公園、中庭、ハンマームでする女たちのおしゃべりの仕方に倣っています。それが『ファティマ』で私が特にめざしたことです」と回答をくれた。つまり、確実な答えはもらえなかった。

本文中、ダリラはしばしば母たちのおしゃべりの仕方に戸惑う。「ときに言葉が溢れんばかりになったり、決まったしぐさを熱っぽく繰り返すのを抑えられなかったりするので、母親たちがちょっと興奮しているとダリラには感じられ、彼女らはそうやって話すので話が長くなり、ちゃんと分かっていなかったり誤解したりで反論するのだが、それもたいていは女たちがみんないっせいに同時にしゃべるからだった」(一六二―一六三頁)。あるいは、「母親もその女友だちも、おしゃべりするときはしょっちゅう一つの話題から別の話題に脈絡もなく脱線してばかりで、ダリラは忘れずに憶えていた話の断片をできるだけつなぎあわせてもう一度話を作りなおさねばならなかった」(一一七頁)。誰が話しているか、ことの真相が不確かなまま、噂話はできあがっていく。『ファティマ』の叙述はシテの辻公園に集まるアルジェリアの母親たちの流儀に倣って展開していく。そしてそれは、作者が構成を考えずに思いつくままを並べた、整理のつかない出来の悪い小説にもみえる。

噂のなかに、フランスへ来たばかりで店裏の狭い部屋で暮らし、二歳の息子ムスタファを虐待する母親アイシャの話が出てくる。病院から家へ戻らないムスタファがどうなったか、七歳のダリラは話の続きを知りたくてしかたがない。女たちの話は脱線を重ね、思いつきでどんどん話はそれていくが、ダリラがせがんで話の軌道は修正され、最後に男の子の無事が語られる。たび重なる話の逸脱はあるものの、ムスタファとその両親、アリとアイシャのエピソードは、暴力絡みの出来事が絶えない本作中、唯一心温まる話になっている。ムスタファは元気で、一家は幸せになるだろうから……ダリラがこう思ったかはともかく、脱線続きのはてに男の子の話は一段落つき、犠牲祭のエピソードをつけ足したところで作品は終わる。つまりダリラが家出する。

ファティマの友だちが語るこのムスタファとその若い両親のエピソードだけ、原文にはないレイアウトをしてわかりやすくした。美男の夫アリと妻アイシャは物語中唯一ロマンチックなカップルで、話の途中に割り込んで長く引き伸ばされる少年たちの対立グループの抗争、その原因となったバヤとロメオの悲劇も凄まじい。ムスタファをめぐる話は物語のなかの一つだけ独立した物語とも読める。おしゃべりな母の友だちが語るこの話が本当かどうか、細部をつき詰めると疑問は無数にわいてくる。たとえば小さなダリラを安心させるため、話し手はこうあってほしいというハッピーエンドで終わらせたのではないか、ラ・クールヌーヴの広いアパルトマンに越してもアイシャは子どもを折檻していたのではないかと。セバールの語りの仕掛けはこれという決まりがなく、読者の想像と期待、疑問を混ぜて好きなように読んでいいということだろう。

ダリラと作家セバールのその後

この物語は暴力で満ちている。しかしそう感じさせないのは、語る女たちの熱心さと仲間意識から生まれるやさしさが感じられるからだろうか。さまざまなかたちの暴力の連続である。冒頭から、ダリラをベルトで殴打する父親が登場する。目ぼしいものだけをあげても、女の子の局部に唐辛子を塗る母親、街頭でアラブ人の少年を買う男たち、反抗的な娘をぶつ母親、ムスタファをぶつアイシャ、シテの対立グループの抗争、仕返しで行われる地下室でのレイプ、ルイザの父親の平手打ち、父に代わってルイザを監視し暴力をふるう兄、親が決める強制結婚（これも一種の暴力であろう）、タンポンを使う娘を怒鳴って脅す父親、犠牲祭に団地の浴室で屠《ほふ》られる羊の場面も十分に血なまぐさい。暴力というなら、地に血を返すというしきたりを禁じられて浴槽という密室で従来の儀式を行うのを余儀なくされるのも、シテのムスリムへの暴力であろう。長兄モハメドが流れる血に怖気づく場面は、伝統がつつがなく継承されないのではないかと予感させる。

とはいえ、これらの乱暴な力に対して女たちが機知と工夫、ずるさと大胆さをもって困難な場面を切り抜ける場面もまた注目に値する。最も印象的な例は、ルイザの母がつく嘘であろう。怒りを爆発させる父を避けて家に帰らない娘をかばうため、外国へ研修に行ったとか、女子寮に入ったなど、その場で嘘を思いつき窮地をうまくしのぐ。ルイザの母はフランス語の読み書きもしっかり習い、サバイバル技能も身につけていた。物語終わり、ファティマ一家の浴室での壮絶な羊の処理は、後始末するファティマが残った臓物を団地のダストシュートに捨てようという、現実的な発想で和らげられる。アルジェリアの田舎から来た母たちのフランスへの順応ぶりは目立たないが、物語中そこかしこにみとめられる。故郷の伝統や慣習にこだわり遵守する父たちとは別種の前向きな姿勢がある。この点は、本叢書の既刊、ヤミナ・ベンギギの『移民の記憶』（拙訳、二〇一九年）の「父たち」と「母たち」の各部を参照されたい。ドキュメンタリー映画をもとにしたこれら実在する人々の人生は、『ファティマ』の登場人物たちと驚くほど重なっている。

ダリラの失踪も、シテや父親が課す軛《くびき》から逃れて前へ進もうとするための行為だ。物語の舞台となったこの時代は、マグレブ系移民の娘たちがダリラのように出奔する事件が社会現象としてメディアを賑わせた。モロッコ人のダリラの友だちは、親が決めた結婚に大した抵抗もせずに従うもののまもなく失踪し、これまで知らなかった自由をやっと手に入れたと嘆息する。逃走という形で現状を暴力的に打破しようとする娘たちの向こう見ずな勇気に、セバールは憧れているようにもみえる。

セバールの第一小説『ファティマ』には、実は続編と呼ぶべきものがある。小説第二作『シェラザード、一七才、髪は褐色の巻毛、眼は緑色』（一九八二年）の主人公シェラザードはシテの団地から家出したばかりのアルジェリア移民の娘で、ダリラを引き継ぐように一九八〇年代のパリの細部に分け入っていく。この小説と『シェラザードの手帖』（一九八五年）、『シェラザード狂い』（一九九一年）は「シェラザード三部作」をなし、シテに生きるアルジェリア移民第二世代のまなざしで八〇年代のパリ、そしてフランスを再発見していく。セバールは自らの作中人物のダリラやシェラザードを介して、自らに欠落しているアルジェリア的なるものをフランスのなかに探索していく。

八〇年代は社会党ミッテラン政権誕生とともに「ブール」世代の存在が社会から注目される時期だった。セバールのこの時期の小説は、マグレブの作家、タハール・ベン・ジェルーンやラシッド・ブージェドラらが同郷の移民労働者をテーマに書く七〇年後半と、メフディ・シャレフ、アズーズ・ベガーグらブール世代がペンを執る八〇年代半ばのちょうど橋渡し的な位置にある。前者が匿名の移民労働者の男性を中心人物とし、後者が自伝的物語を書いたのに対し、セバールは自伝的要素を用いず、女性移民とその娘たちを中心に据えた。また、移民第二世代に対する世間の注目は非行や犯罪とからめて大概「息子たち」だった。その陰で「娘たち」はどうしていたか、「息子たち」の陰に隠れた「娘たち」に光を当てたのも初めてだった。

『シェラザードの手帖』から約二十年後、セバールはバーチャルな自身の旅の手帖、「わたしのアルジェリア」三部作を書く(『フランスのなかの私のアルジェリア』二〇〇四年、『フランスのなかの私のアルジェリア日記』二〇〇五年、『私の部屋周辺で出かけるアルジェリア旅行』二〇〇八年)。タイトルのアルジェリアはいずれも原文では複数形で、セバールが暮らすフランスの地からアルジェリアに関わるものを集め、その過程を旅行記に仕立てたものだ。中身は自分と他人のテキスト、短編物語、ルポルタージュ、日記、インタビュー、写真、絵画、絵葉書、包装紙など、複数の人の手が書く／描く自伝的フォトアルバムになっている。これら自伝的要素を前面に押し出した作品作りは、最近のエッセイの三部作『わたしは父の言葉を話さない』（二〇〇三年）、『アラビア語、秘密の歌』（二〇〇七年）、『父への手紙』（二〇一一年）へとつながっていく。この三部作は、自伝性をあえて出さなかった初期の小説作品と表裏をなしている。また、編者として幼年時代シリーズを編み、『アルジェリアの幼年時代』（一九九七年）、『チュニジアの幼年時代』（二〇一〇年）、『ムスリム地中海圏におけるユダヤ人の幼年時代』（二〇一二年）など、生地を離れて人生を送る文筆家のエッセイ集を編んでいる。セバールの名で刊行された書籍の数は七十を超えている。

大部作はなく、その殆どが薄手の小型版であるセバールの全作品は、見えない地下茎を伸ばしてそれぞれが連結しあい、複雑だが感知できる網の目を形成している。第一小説『ファティマ』は、壮大なこのネットワークの原点であり、以降世に出る作品は、それぞれが連携し反響しあっている。セバールの父は、アルジェリア人としてアルジェリアに生きながらフランスの生活と言語を自らに課した「祖国喪失者」であった。その父から受け継いだ、空白のアルジェリアを埋めようという作業は一見後ろ向きでノスタルジックに見えるが、百三十年以上の長きにわたった植民地支配から生じる、捩じれて見えないままにされている関係性に分け入り、フランスにとってアルジェリアとは何かという問いを密かにテキストとして表出させている。

＊

この小説は三十年以上前に、授業の課題本として偶然出会った。当時のマグレブ移民の暮らしぶりが仔細に描写されていて、その細かすぎる具体性が妙におもしろく、いつか翻訳したいと思うようになった。素っ気ない白い表紙のストック版を何度か読むうち、赤いタイル模様が鮮やかな表紙のエリザド版の小型本が登場した。ファティマ母娘も実在していたら、今はおばあさん、お母さん、いやその上の世代になっている年齢だろう。

翻訳にあたってセバールご本人と連絡を取ろうと、思い当たる出版社やウェブサイトから得られるメールアドレスに連絡した。何人かの人を介して、ようやくセバールご本人と連絡が取れメッセージを頂戴した。アドレスはご夫君のものと思われる。ご本人はメールを使わないようだ。『ファティマ』が日本語になるのを当然のことながら喜んでくれた。メールやりとりした手紙から、作家セバールの控え目なやさしさが感じられた。翻訳に関してまとめていくつか質問をしたときには、自筆で手書きした紙を五枚、写真にして送ってくださった。端正な読みやすい文字だった。横文字の手紙をもらって二、三日かけてやっと解読するということがよくあったが、昨今では連絡し合うときは端末のテキストがメインになり、手書きの字を目にすることが稀になった。ここ数年パンデミックの影響でフランスに行く機会がないが、鶉《うずら》ヶ丘と呼ばれるパリ中心地の喧騒を離れた気取らない界隈に住む作家に、いつかお会いできればと思う。

本書の刊行は、アンスティチュ・フランセ・パリ本部、在日フランス大使館それぞれの助成を得て実現した。

今回もまた、水声社編集部の井戸亮さんに長い時間をかけてしっかり伴走していただいた。お礼を申し上げる。

石川清子

二〇二三年五月

著者／訳者について——

レイラ・セバール（Leïla Sebbar）　一九四一年、アルジェリアのサハラアトラス山脈にあるアフルーに生まれる。アルジェリア人の父、フランス人の母をもつフランス人作家。アルジェリア戦争中の十八歳からフランスに暮らし、フェミニズム運動や雑誌の編集に携わる。以降、植民地支配に由来する自らの混交性、歴史と記憶、故国喪失のテーマを追求する小説、エッセイを執筆。主な作品に、『シェラザード、一七才、髪は褐色の巻毛、眼は緑色』（一九八二年）、『セーヌは赤かった』（一九九九年）、主なエッセイに、『私は父の言葉を話さない』（二〇〇三年）、『アラビア語、秘密の歌』（二〇一〇年）、紀行文に、『フランスのなかの私のアルジェリア』（二〇〇四年）などがある。

＊

石川清子（いしかわきよこ）　千葉県生まれ。ニューヨーク市立大学大学院博士課程修了。博士（フランス語・フランス文学）。静岡文化芸術大学名誉教授。専攻、現代フランス文学、フランス語圏マグレブ文学。主な著書に、*Paris dans quatre textes narratifs du surréalisme*（L'Harmattan, 1998）、『マグレブ／フランス　周縁からの文学——植民地・女性・移民』（水声社、二〇二三年）、主な訳書に、ジェバール『愛、ファンタジア』（みすず書房、二〇一一年）、クノー『イカロスの飛行』（二〇一二年）、ベンギギ『移民の記憶——マグレブの遺産』（二〇一九年、以上、水声社）などがある。

Cet ouvrage a bénéficié du soutien des Programmes d'aide à la publication de l'Institut français.

本書は、アンスティチュ・フランセ・パリ本部の出版助成プログラムの助成を受けています。

本書は、在日フランス大使館の翻訳出版助成金を受けて刊行しています。

INSTITUT FRANÇAIS
アンスティチュ・フランセ日本
Japon

AMBASSADE DE FRANCE AU JAPON
Liberté
Égalité
Fraternité

ファティマ――辻公園のアルジェリア女たち

二〇二三年七月一〇日第一版第一刷印刷　二〇二三年七月二〇日第一版第一刷発行

著者――――レイラ・セバール

訳者――――石川清子

装幀者――――宗利淳一

発行者――――鈴木宏

発行所――――株式会社水声社

東京都文京区小石川二―七―五　郵便番号一一二―〇〇〇二

電話〇三―三八一八―六〇四〇　FAX〇三―三八一八―二四三七

［**編集部**］横浜市港北区新吉田東一―七七―一七　郵便番号二二三―〇〇五八

電話〇四五―七一七―五三五六　FAX〇四五―七一七―五三五七

郵便振替〇〇一八〇―四―六五四一〇〇

URL : http://www.suiseisha.net

印刷・製本――――モリモト印刷

ISBN978-4-8010-0247-0

叢書 エル・アトラス

シャアバの子供　アズーズ・ベガーグ／下境真由美訳　二八〇〇円

移民の記憶　ヤミナ・ベンギギ／石川清子訳　二五〇〇円

もうひとつの『異邦人』　カメル・ダーウド／鵜戸聡訳　二〇〇〇円

部族の誇り　ラシード・ミムニ／下境真由美訳　二五〇〇円

貧者の息子　ムルド・フェラウン／青柳悦子訳　二八〇〇円

ドイツ人の村　ブアレム・サンサール／青柳悦子訳　三〇〇〇円

救世軍　アブデッラー・タイア／鵜戸聡訳　（近刊）

［価格税別］